お人好し職人のぶらり異世界旅 3

A L P H A L I G H T

電電世界

DENDENSEKAI

アルファライト文庫

CHARACTERS
キャリー
凄腕のAランク冒険者。
女子力が抜群に高い
おじさん。
石川 良一
電気工事店を営んでいた青年。
分身をはじめ、様々なチート
能力を駆使して今日も人助け。
みっちゃん
腕時計型端末のAIだったが、
人工人体を手に入れた。

ココ
Bランク冒険者の犬獣人の女性。
卓越(たくえつ)した剣の腕前を持つ。
マアロ
食いしん坊なエルフの女の子。
回復魔法が得意な神官。
メア
モアの姉で、
異世界に来た良一の
妹になった女の子。
真面目(まじめ)で勉強熱心。
モア
良一の妹になった女の子。
いつも元気いっぱいな
ムードメーカー。

一章　王都での生活

小さな電気工事店を営んでいた青年、石川良一。

両親を亡くして孤独な生活を送っていた彼は、たまたま不思議なサイトを閲覧したことをきっかけに、異世界――スターリアへと転移することになった。

異世界では借金にあえいでいたメアとモア姉妹を義妹として養いながら、犬獣人の女剣士ココやエルフの神官マアロといった仲間とともに旅を続け、数々の手柄を立てた結果……彼の現在の肩書は、カレスライア王国の士爵。貴族である。

良一が士爵に叙された陞爵式から約半月経ち、王国の国政に関する一大行事、王国会議もいよいよ今日が閉会の日だ。

一行は諸々の事情でいまだ王都ライアに滞在しているが、下っ端貴族になりたての良一が参加すべき会議はないため、日中は皆と王都観光をして回る日々を送っていた。

「良一兄ちゃん、今日はどこに遊びに行こっか!?」

いつも元気な下の義妹のモアが、楽しそうに良一に声をかけた。

「そうだな……今日は王都の外にでも少し出てみよう」

男爵以下の王国貴族は開会式と閉会式のどちらか片方にしか参加しないという暗黙のルールがあるらしく、開会式に出席した良一は今日も自由行動だ。

「ご一緒いたします」

外出の準備をしている良一とモアに、人格保持型ＡＩの〝みっちゃん〟が柔らかく微笑みながら頷いた。

もとは良一達の腕時計型デバイスのＯＳだったものの、女性型の人工人体にインストールされた今では、見た目は普通の人間と変わらない。

体を得たことで、良一の従者――あるいは助手的な役割がすっかり板に付いている。

「みっちゃん、これからの王都の予定は何があるんだっけ？」

「直近では、王国立学園への入学試験があります。あとは、Ａランク冒険者のミレイア様との合同クエストですね。ですが、ミレイア様は王国会議終了後に王都を離れる用件があるので、延期になっております」

ココの妹である双子のミミとメメは、母親のマナカとともに王都に引っ越し、王国立学園への入学を目指している。

ココが実技、マアロが座学の教師役として面倒を見て、今まさに追い込みをかけている最中だ。

二人とも地元のココノツ諸島にいた時から勉学と鍛錬に励んでいて優秀だったが、慢心せずに最後まで全力を尽くす姿勢である。

マアロは合格間違いなしと太鼓判を押している。

実は、王国立学園を受験するのはミミとメメだけではない。

「メア姉ちゃんも、勉強を頑張ってるよ」

「そうだな、メアも一緒に仮受験するんだったな。突然のことでびっくりしたよ」

ちょうど一週間前、上の義妹のメアが改まって〝お願い〟に来た時のことを、良一はしみじみと思い出した。

「良一兄さん、お願いがあるのですが」

その日の夜、就寝の準備をしていた良一の部屋に、メアがマアロを伴って入ってきた。

「どうしたんだ、メア？」

良一が促すと、メアは躊躇いがちに切り出した。

「ミミさんとメメさんが受験する王国立学園の試験を、私も受けてみたいんです」

「王国立学園の……入学試験をか？」

メアもミミとメメと一緒にマアロの授業を受けていたのは知っていたが、受験を考えているとは思っていなかったため、良一は思わず聞き返した。

「はい」

メアが真剣な眼差しで頷くと、隣に付き添っていたマアロが一歩進み出る。

「メアも私の授業を真面目に受けて、しっかりついてきている。スタートが遅かったハンデはあるけれど、良い線まではいけると思う」

年長の割に大人げない言動が目立つマアロも、教え子の前では教師の顔だ。

「メアが受験をしたいなら、止める理由はないよ。それで、受験をするために、俺は何をすればいいんだ?」

良一が受け入れてくれ安心したのか、メアはほっとした表情で一枚の紙を差し出した。

王国立学園では、同じ日に正規の入学試験と模擬試験の二つが行われるらしい。

「なるほど……。今からだと、この模擬入学試験を受けることになるのか」

正規の試験が入学を決定するためのものであるのは言わずもがな。一方、模擬試験は同じ試験内容だが、主に自分の実力を確かめるための制度で、受験料は安い。

元々、王国立学園は貴族の子供のための学園だったが、二代前の国王が王国中の才能ある者を集めるためにこの制度を作った。

非貴族階級の子供も受験することができて、優秀な成績をあげた子供を身分にかかわらず学園に入学させた前例もあるという。

今では庶民も正規の入学試験を受けることができるようになったので、本来の意義は失われているが、実力を試したい者のために制度が残っているらしい。

「その模擬試験で、自分の実力を試したいんです」

「わかった。俺もできる限りサポートをするから、試験頑張れよ」

「はい！」

良一の励ましの言葉を受けて、メアは嬉しそうに笑った。

とはいえ、サポートするといっても勉強を教えることなどできないので、良一としては邪魔にならないようにするのが精一杯である。

差し入れのお菓子作りをしたり、モアと一緒に勉強部屋代わりの宿屋から出ていったりして、メアが集中できるようにするしかなかった。

――そんなわけで、このところ日中は、良一とモアとみっちゃん、Aランク冒険者であるキャリーの四人で観光することが多い。

しかし本日は、キャリーはエルフのAランク冒険者のミレイアに誘われて外出しているので、これからモアとみっちゃんと良一の三人で遊びに行く。

「じゃあ、少し外に出て、ピクニックだな」

「行こう行こう！」

「南と東の草原は前に行ったから、今日は西に行こうか」

「了解しました」

無邪気にはしゃぐモアに急かされて、良一達は城下の大通りを足早に歩いていく。

王都の中心には王城があり、街はそこから円状に広がっている。

良一達が滞在している宿は城の南東にあるため、西門に行くには少し長い距離を歩かなければならない。

商業地区に比べると人通りは少ないが、通りには多くの工房や専門的な店が軒を連ねており、活気に満ちている。

「西側は遠いし、特に用事がなくてあまり来なかったけど、職人街になっているのか。マナカさん達の新居の家具はココノツ諸島から運んできて、あまりこっちで購入するものはなかったからな」

「良一兄ちゃん、肩車して」

「人も少ないし、良いぞ」

モアを肩車しながら職人街を西へと歩き、数十分ほどで王都の西門にたどり着いた。

この門は職人街に近いこともあって、大量の資材や商品を運ぶ馬車、竜に牽かれた竜車が行き交っている。

検問は商人用と一般用で分かれているが、良一達はそのどちらでもなく、利用者が少ない貴族用へと向かった。

良一は、陸爵式の翌日に使者から渡された貴族の証であるメダルを取り出して、最近覚えた歌を口ずさむ。

「士爵になれば赤メダル、男爵になれば橙メダル、子爵になれば黄メダル、伯爵になれば緑メダル、辺境伯になれば青メダル、侯爵になれば藍メダル、公爵になれば紫メダル、王様になれば虹メダル」

メダルの表には王国の国旗に使われているマークと現在の王の名前、裏面には良一の名前と爵位に応じた意匠が施されていた。

「そのお歌、モアも知ってる！」

「王国民なら誰でも知っている歌らしいな。俺はココに教わるまで知らなかったけど」

王国の正式な貴族になると、その証拠として王家からメダルが授与されることは一般にも知れわたっているため、歌になって王国全土に広まってるらしい。

またこのメダルには、ドワーフの特殊な技術による加工や、王家の秘伝魔法も施されており、偽造や密売などを防いでいるそうだ。

「ココ姉ちゃんはお歌をいっぱい知ってるよ」

モアは肩車されながら、ココから教わったという歌を陽気に歌いはじめた。

周りに子供の姿が少ないこともあり、通行人の視線が良一達三人に集まる。

「モア……少し声を落として歌おうか」

そんなやり取りをしているうちに、貴族用の検問を行う騎士の前に到着した。

「メダルを提示していただけますでしょうか」

騎士に誰何されたので、良一はモアを肩車から降ろしてメダルを見せた。

「拝見いたします」

騎士が一言断りを入れて身につけていた指輪をメダルに向けると、何かを読み取っているのか、指輪とメダルの間に赤い光が走った。

確認手続きはそれだけで終わり、騎士は敬礼をして他の衛兵に開門の合図を送る。

商人用の門では積荷を改められることもあるが、良一達は手荷物の検査などもなく、すんなり門を抜けることができた。

街を囲む城壁の外に出ると、自然の平野が一望できる。

微かに花の香りがする風がスゥーッと体を通り抜けて気持ちが良い。

「良い風が吹いていますね」

みっちゃんは少し目を細めて、風になびいたセミロングの髪を耳にかけた。キャリアウーマン風の容姿が相まって、そんな女性的な仕草が凄く様になる。

「良一兄ちゃん、見て見て！」

モアもみっちゃんの真似をして髪を何度もかきあげて耳にかけようとするが、最近キャリーに短く整えてもらったばかりなので上手くいかず、大人の女性にはほど遠い。

「うーん、もう少し髪が伸びないとできないんじゃないか？」

「えー、つまんないの……」

頬を膨らませるモアを宥めながら、良一は前方に見える小高い丘を指差して、今日の目的地の説明をする。

「さて、この前ミレイアさんが遊びに来た時に聞いた話じゃあ、王都から一時間ほど歩いたあの丘の向こうにたくさんの花が咲いていて、とても綺麗なんだって。そこまで行ってみようか？」

「じゃあ、綺麗なお花をお姉ちゃんにプレゼントする！」

「良いお土産になりそうだな」

すぐに機嫌を直して元気一杯に歩きはじめたモアを、良一とみっちゃんが追いかける。

道行く人はまばらだったので、三人で歌を歌いながら歩いた。

多くの人が歩いたためか、丘に続く道は土が踏み固められていて歩きやすい。

王都近郊では多くの冒険者がモンスターを駆除して日銭を稼いでいるため比較的安全で、メラサル島と違ってモンスターに襲撃される心配はほとんどない。

丘を登りきると、そこには赤や黄色の花が一面に咲いていた。

「ふう、やっと着いたな。しかし……確かに、ミレイアさんが勧めるだけのことはあって、見事な景色だ」

「色鮮やかに咲き誇っていますね」

「わー、きれーい」

モアは早速花園に駆けだしていく。

みっちゃんは手近な花を何本か摘むと、器用に花冠を作ってみせた。

「みっちゃん、何作ってるの？　モアにも教えて！」

モアは早速興味を示し、みっちゃんに教わりながら一生懸命に作りはじめた。

良一は花を踏みつぶさないように注意しながら木陰に移動して、モアとみっちゃんが互いに自作の花の冠を頭に載せて笑いあい、遊ぶ様を見守る。

モアはお土産としてメアやマアロ達の分も作ると宣言して、みっちゃんと協力しながら花の冠を作りはじめた。

「二人とも花の冠作りに集中しているし、時間も良い感じだから昼食の準備でもしておくか」

モアの面倒はみっちゃんに任せて、良一は花園から少しだけ離れて開けた場所に移動し、アイテムボックスから取り出した簡易テーブルや調理器具を広げて料理をはじめた。

この花園に来るまでにそれなりの距離を歩いて程よくお腹が空いていたので、少しガッツリしたものを食べたかった良一が選択したメニューは炒飯。米を炊くのは手間がかかるため、レトルトのご飯を使い、具材は卵と焼豚、刻んだネギだけのシンプルなものだ。

一緒に作った中華風スープを煮込んでいると、匂いにつられてモアとみっちゃんがやって来た。

「良一兄ちゃん、モアね、一杯作ったんだよ」

モアは両手で抱えたたくさんの花冠を得意げに見せる。

「皆の分の冠は全部できたのか？」

「うん！　お姉ちゃん達のもあるし、キャリーさんやフェイ姉ちゃんの分も作ったよ！」

「そっか。こっちも昼飯が完成したところだよ。手を洗ったら食べようか」

「わかった！」

昼ご飯を食べ終えて少し食休みする良一を横目に、モアは契約した風の精霊〝かーくん〟を呼び出して再び花畑を元気良く走り回りはじめる。

ここまで歩いてきたというのに、まだ元気があり余っているとは……子供の無尽蔵な体力に感心する良一だった。

「モア、そろそろ帰ろうか」

太陽が少し傾きはじめたので、良一は帰り支度をはじめる。

帰りも来た時と同じ道を歩かなければならない。まだ明るいが、王都に着いたらちょうど夕方ぐらいだろう。

いつの間にかモアは他の家族の子供と仲良くなっており、複数の子供の輪に加わって遊んでいた。

「良一兄ちゃん、あとちょっとだけ」

モアは知り合った子供と別れるのが名残惜しいようだ。

「しかたないな……ちょっとだけだぞ」

「良一さん、よろしいですか」

モアを見守る良一に、みっちゃんが声をかけた。

「どうした？」

「はい。少し気になる現象が起きていたので、報告を。センサーの誤作動と思いましたが、以前にも似たことがありました」

「なんだ、その〝現象〟って？」

「大精霊様にお会いした時と同じ現象です。視覚情報と魔素流動情報との不一致が出ております」

「つまり……目に見えている景色と実際の地形に違いがあるのか」

「はい、該当部分はあの周辺です」

みっちゃんが指差したのは、花畑の一画。

一見すると他の場所と変わらないように見えるが、よく観察していると、近くを通る人が不自然にその場所を避けているのがわかる。

「何なんだろうな」

「いかがなさいますか」

「わざわざ不審な場所に近づくのもなぁ」

しかし、みっちゃんと相談している間に、モアが同い年ぐらいの女の子と一緒にその場所まで走っていってしまった。

良一はモアを呼び止めようとしたが、時すでに遅し。モアはそのまま不思議な場所に足を踏み入れて、姿を消した。

「モア！　みっちゃん、一緒に来てくれ」

良一とみっちゃんは慌てて駆けだして、モアが消えた空間に飛び込んだ。

一瞬視界が揺らいだ後、それまで周りにいたはずの人影が見えなくなり、代わりに、すぐ目の前にモアが立っていた。

モアは急に現れた良一に驚いて目を丸くする。

「あれ、良一兄ちゃん？　もう帰るの？」

「モア、大丈夫か」

「くすぐったいよう。どうしたの？」

あまりに呆気なく見つかって少々拍子抜けしながらも、モアの体に触れて無事を確かめていると、突然背後から声をかけられた。

「あらあら、お久しぶりね～」

振り向くと、そこには以前湖で出会った大精霊様の姿があった。そして、その隣にはモアがこの場所に入った時に一緒にいた子が立っている。

「ご無沙汰しております、大精霊様」

「ごめんなさいね～、うちの子がモアちゃんを誘って、精霊の狭間に連れ込んでしまったみたいで～」

「精霊の狭間ですか？」

「そうそう。この場所は人間界と精霊界が交わる場所で、普通の人だと入れないんだけど～、あなた達は私の祝福を受けているから入れたみたいねぇ」

「そちらのお子さんは、大精霊様のお子様ですか？」

「そう。私と旦那様の力を受け継いだ子よ～。私の祝福を受けたモアちゃんを見て一緒に遊びたくなったみたい」

「ビックリしましたよ。モアの姿が突然消えてしまって」

良一がため息とともにそう吐き出すと、モアと一緒にいた少女は自分が責められていると思って大精霊の後ろに隠れてしまった。

「……ごめんなさい」

「良一兄ちゃん、モアがセラちゃんと遊んでたの！　セラちゃんは悪くないの」

モアは少女を庇って良一の足にすがりつく。

「ううん、モアちゃんを連れてきたのはわたしだから……」

「セラちゃんって名前なのかな？　ごめんね、俺も驚いちゃって」

仮にも精霊とはいえ、子供相手に大人げなかったと良一が反省していると、大精霊が話を途中で遮った。

「はいはい、ここでお話は終わり～」

「良一君、ここは皆でドーナツでも食べて仲良くなりましょう。前に貰ったドーナツをあげたら、この子も気に入ったみたいでね～。悪いけど、またいただけるかしら？」

「もちろん。これで仲直りしてくれるかな」

良一はアイテムボックスからドーナツの箱を取り出して、セラの目線に合わせて差し出した。

「うん」

セラは笑顔でドーナツの箱を受け取ってくれた。

「はい、仲直り～。問題を解決した私にも～、ご褒美があってもいいんじゃない～？」

大精霊はポンと手を叩くと、しれっと言ってのけた。

良一は苦笑しつつも大精霊にドーナツの箱を差し出す。

「そうですね、ありがとうございました」

「あらあら、ありがとうね～」

ドーナツを食べながらしばし雑談を交わした後、良一達は大精霊とセラに別れを告げて、王都へと帰ったのだった。

宿屋に戻ると、メアとミミとメメは勉強を終えて一息ついていたところで、三人ともモアがお土産として渡した花の冠を頭に載せて、とても喜んだ。

勉強の疲れも和らいで少しリラックスできたようで、仲良く今日の出来事などを話して、寝るまでの時間を過ごした。

王国会議が閉会して数日が経ち、王国立学園の入学試験の日を迎えた。

「「それでは、行ってまいります」」

「私も頑張ってきます」

王都の中心部にある王国立学園の校門の前で、双子とメアが見送りに来た全員の前で元気良く宣言する。

「三人とも私が教えた。だから大丈夫。……これ、お守り」

マアロはそう言って教え子達を激励すると、少し照れくさそうにお守りを手渡した。

「「「ありがとうございます、マアロさん」」」

マアロが渡したのは、エルフに昔から伝わる伝統のお守りだという。

生まれてこのかた裁縫などしたことがなかったマアロが、メア達が眠った後にキャリーに教わりながら一生懸命に作ったものだ。

マアロの夜なべを知っていた良一は、お守りを受け取った三人が喜んでいる姿を見て、自分まで嬉しくなった。

「これだけ皆に手伝ってもらったんだから、きっと大丈夫。悔いのないように全力で挑んできなさい」

ココは妹達とメアの頭を順番に撫でて、力強く励ました。

「私も応援しているわ。今日の夜は腕によりをかけてご馳走を作って待ってるからね」

「お姉ちゃん、ミミちゃん、メメちゃん、頑張ってね！」

「会場の雰囲気に呑まれないように、まずはリラックスしてな」

三人の勉強をずっと見守ってきたキャリーやモア、良一も、それぞれに応援の言葉をかけて三人を送り出す。

最後にココと双子の母親であるマナカが声をかけた。

「近くで見ていた私には、三人がどれだけ頑張ってきたか、よくわかります。その努力を信じれば、必ず結果はついてきますよ」

皆の応援の言葉を受けた双子は、緊張しながらもどこか楽しそうに学園の門をくぐり、他の受験生達の中に消えていった。

模擬試験会場は正試験会場とは別なので、メアは一人で会場に向かったが、その足取りは確かだ。

これなら心配ないだろう——良一は三人の後ろ姿を見送りながら、そう確信した。

しばらく三人を見送った後、一行はマナカ達の新居に場所を移して、入学試験が終わるまでの時間を過ごすことにした。

モアはキャリーとココとみっちゃんに構ってもらって上機嫌だ。

良一が楽しそうに遊ぶ四人を見ていると、マアロがやってきた。

「良一、心配じゃないの？」

「試験のことか？」

「そう」

マアロはマナカ達の家に来てから時計ばかりを気にして、落ち着かない様子だ。

「三人とも実力は充分なんだろ」

「それはそう。でも、心配は心配」

「俺はあまり勉強をしてこなかったし、直接教えたわけじゃないから、試験がどのくらい難しいのかはわからない。そりゃあ、確かに心配だけど、同じだけ信頼もしている」

「そう……そうね。私も信頼している」

それで吹っ切れたのか、マアロは自分のアイテムボックスから菓子を取り出して食べはじめた。


午後になり、入学試験の半分が終わった。

午前中は筆記試験、午後から実技試験というスケジュールなので、今頃三人は実技試験の最中だろう。

自分が担当した筆記試験の時間が過ぎて、マアロは少し落ち着いてきた。

文武両道を掲げる王国立学園では、勉学だけでなく実技も重視されている。

武家の娘で、幼少期から鍛錬を積んできたミミとメメに関しては、実技の心配はなかったものの、メアは数ヵ月前までただの町娘だった。

しかしそこは、持ち前の真面目な性格や、キャリーやココやミレイアといった高ランクの冒険者の稽古のおかげもあって、みるみる実力をつけている。

貴族でもこれほどの実力者から直接教えを受ける機会は滅多にないはずなので、充分通用すると良一は思っていた。

「さて、晩ご飯の準備をはじめようかしら」

「そうですね。夕方には試験が終わりますから、それまでには労いのご馳走を作らないといけませんね」

キャリーが音頭をとり、マナカと一緒に夕食の準備をはじめた。

「俺も手伝います」

「モアも！」

結局、全員が料理の手伝いを申し出たものの、一般家庭の台所では狭すぎて入りきらないので、良一達はアパートの共用部である中庭に調理器具を広げて料理をすることにした。

「さあ、メアちゃんとミミちゃんとメメちゃんの好物を作っていくわよ。良一君達は下ごしらえをお願い」

「了解です」

キャリーが中心になって、料理を次々と完成させていった。

「さて、料理は冷めないようにアイテムボックスに入れておかないと」

「そうですね。私にお任せください」

料理を鍋や大皿ごとアイテムボックスに収納していくみっちゃんを横目に、マアロがソワソワした様子で良一に話しかけた。

「良一、そろそろ迎えに行く？」

「そうだな、今から向かえばちょうど良い時間か」

「モアも行く！」

「私とマナカさんは部屋で迎える準備をするので、ここに残ります」

テーブルに食器などの運び込みをしてから、みっちゃんとマナカ以外のメンバーで学園に向かった。


良一達が到着した頃には門の前に人だかりができており、受験生を待つ付き添いの人で一杯だった。

しばらく待っていると校門が開き、受験生達が続々と出てきた。

スッキリと晴れやかな表情をした者もいれば、絶望で顔が真っ青な者もいる。

「あっ、ミミとメメです」

ココが早速妹を見つけて手を振った。

大勢の受験生の中でも双子の犬耳が目立って、ミミとメメの居場所はすぐにわかる。

二人とも結構な距離があるのにこちらに気がついたのか、手を振り返してきた。

「あっちからメア姉ちゃんも来た」

肩車したモアが指差す方を見ると、人垣の間から青色の髪がちらちらと覗いていた。

人混みを掻き分けてやってきた双子の表情は、〝やることはやった〟という達成感に満ちている。

「「ただいま」」

二人に少し遅れてメアも良一達に合流し、晴れ晴れとした表情を見せた。

「遅くなってすみません」

「おかえり。三人ともやりきった？」

「「はい、全てを出し切りました」」

「なら、上出来」

メア達の表情を見て安心したのか、マアロは三人の頭を撫でて褒めている。

ココも笑顔で三人を労い、皆でマナカ達が待つアパートへと移動した。

アパートの部屋の扉を開けると、様々な料理がテーブルの上に並べられていて、笑顔のマナカ達が迎え入れてくれた。

「筆記試験はマアロさんの授業で教わった内容がたくさん出ていました」

「「メアちゃんの言うとおり。マアロさんが試験問題を作ったんじゃないかと思ったぐらい」」

当然、食事中の話題は試験の内容や手応えが中心となった。

「でも、王国立学園の武術教官は強かった。筋肉もムキムキだった」

「本当に、うちの道場の人でも師範レベルじゃないと勝てないんじゃないかな」

教官の実力を思い出して、ミミとメメが顔を見合わせる。

「多分、私もその人と模擬戦をしました。良一兄さんと同じくらい強かったです」

良一の方針もあって、メアは実際の戦闘経験はなく、専らココやキャリーから護身術や精霊術を学んでいただけだ。

模擬試験のためにココと練習していた時も、精霊術での遠距離攻撃を重点的に学んでいたので、接近戦の経験はほとんどないといっていい。

「私とコハナの精霊術も破られて、最後は頭をコンと叩かれて負けました」

メアは風の精霊のコハナと特訓して、かなり精霊術が上達していたが、完敗だったらしい。それでも、悔いは残さなかったのか、表情は明るい。

美味しい料理を食べながら他の受験生の様子などを聞き、良い雰囲気で食事会は終わった。

モアは疲れてしまったのか、ココ達の家を後にして宿屋に戻って早々にマアロと一緒に床に入った。しかしメアはまだ興奮が冷めていないらしく眠ろうとはせずに、宿のラウンジで良一と話している。

「メア、今日の試験を受けて良かったか？」

「はい！　私と同い年ぐらいの男の子が、筆記試験の時にあっという間に書き終えて眠りはじめたり、私よりも小さい女の子が実技試験の時に試験官から一本奪っていたり……色んな人がいました」

「それで、来年は本試験も受験してみたいかい？」

「本試験ですか？　私は良一兄さんと出会って以来ずっと幸せです。良一兄さんが良かったら……これからもずっと、一緒に旅をしたいです。だから、たぶん本試験は受験しません」

「じゃ、じゃあ、メアとモアと一緒に、これからも旅をしような！」

メアの真摯な思いを受けて、鼻の奥がツンとするのを感じたが、それを悟られまいと、努めて明るく振る舞う良一だった。

王国立学園の合格発表は試験から一週間ほどで行われた。

マナカ親子と良一達全員で足を運んだものの、あまりに人が多くて、ココとミミとメメだけで掲示板を見に行っている。

「結果発表、ドキドキする」

こんな時でも息ピッタリな双子を先頭にココが続いて人混みをかき分けて、結果が貼り出された掲示板にたどり着いた。

合否が発表される正午直後は人が多すぎて大変だと聞いたので、良一達は時間をずらして訪れたのだが、掲示板の前はいまだに多くの人でごった返している。

「名前があった‼」

「おめでとう、ミミ、メメ！　学園でたくさん学びなさい」

三人の喜びの声は離れている良一達にも聞こえ、皆密かに安堵の息を漏らす。

戻ってきたミミとメメに代わる代わるおめでとうを言って皆で祝福した。

二人の合格を知って、マアロもやっと肩の荷が下りたのか、安堵の表情を浮かべている。

「メアちゃん、掲示板を見に行った方が良いよ」

「確かに。自分の目で見た方が良いはずですよ」

理由は詳しく教えてくれなかったが、ココ達はメアにも掲示板を見に行くように言うので、結局全員で掲示板を見に行った。

「あっ、ミミさんとメメさんの名前が特待生枠にあります！」

「へえ、立派なもんだな」

単に合格しただけでなく、数少ない特待生枠に二人が合格しているとは。一緒に受験したメアも驚いている。

双子は照れながらも合格掲示板の横を指差した。

「模擬試験者成績一覧？　そうか、模擬試験も得点の順位が張り出されているのか」

良一は背伸びしてリストを覗き込む。

「良一兄さん！　あ、あ、あの一位のところなんですけど」

メアに服の裾を引っ張られて、模擬試験成績順位の一位の名前を見ると……メア・イシカワと書かれていた。

「夢じゃ……ないですよね」

「間違いなく、メアの名前が書かれてあるな」

「やったー‼」

「お姉ちゃん、すごーい」

「本当に凄いじゃない、メアちゃん。模擬試験も本試験と同じ難易度なんだから、首席合格と言ってもいいくらいよ」

モアやキャリーにも褒められて、メアは嬉し涙を瞳に溜めながらピョンピョンと飛び跳ねる。

そんなメアの年相応な姿は微笑ましく、良一にとっては誇らしくもあった。

「今日はご馳走だな。ミミとメメの特待生での合格と、メアの一位も合わせて盛大に祝わないと。記念に写真でも撮っておこう」

良一が腕のデバイスで掲示板とメアの写真を撮っていると、学園の関係者らしき人が近づいてきた。

「失礼ですが、メアさんのご家族の方でしょうか」

「はい、そうです」

「模擬試験の成績優秀者には記念のメダルをお渡ししておりますので、よろしかったら学園の事務所で受け取ってからお帰りください。模擬試験メダルがあれば、来年の本試験の際に優遇措置(ゆうぐうそち)を受けられますよ」

どうやら、模擬試験受験者で一定の点数を超(こ)えた受験者には、成績優秀の証明としてメダルが授与されるらしい。

「良一兄さん、取りに行っても良いですか」

「もちろん。メアの努力の結果なんだから、是非(ぜひ)取りに行こう」

事務所で受け取ったメダルは、学園の校章が入った銀製のものだった。

メアはずっしりとした重みのあるメダルを持って目をキラキラさせている。

三人とも期待以上の成績を収めたこともあり、その日はいつになく楽しい一日になった。

王国会議が閉会して、名だたる貴族達もそれぞれの領地に戻り、王都も日常を取り戻して、少しだけ静かになっていた。

「モア、プレゼントは忘れずに持ってきたのか？」

「もちろん！　ちゃんとアイテムボックスに入ってるよ」

今日はメラサル島の領主、ホーレンス公爵の娘であるキリカの誕生会(たんじょうかい)が開催(かいさい)される日だ。

良一達は精一杯めかし込んで馬車に乗っている。

実際のキリカの誕生日はまだ先で、本当なら島に戻ってから行う予定だったらしいが、招待客などの事情もあって、王都の屋敷で早めに誕生会を開くことになったのだそうだ。

ホーレンス公爵としては、将来キリカが社交界にデビューする際の根回し(ねまわし)という意図もあるのだろう。

「相変(あいか)わらず大きな屋敷だな」

既(すで)に夕暮れ時で辺りは暗くなりはじめていたが、公爵邸(てい)のたくさんの窓からは明かりが漏れていて、遠目(とおめ)にもその規模(きぼ)がわかる。

良一が王都の公爵邸を訪れるのは、キリカが一級犯罪者集団〝不殺集団〟に誘拐(ゆうかい)されそうになったのを助けるために駆け付けた時以来だ。

この襲撃で屋敷の一部が壊(こわ)されたが、魔導機を用(もち)いた修理(しゅうり)業者の手で瞬(またた)く間に修復(しゅうふく)されている。

馬車が公爵邸の車回しに到着し、良一はモアの手を引いて降り立った。

「石川様、本日はお越しいただきありがとうございます。キリカ様も大変喜ばれます」

公爵に仕える執事が一礼して、一行を屋敷へと招き入れた。

節目である十歳ということもあり、誕生会は盛大なものになるようで、一番仲良しなモアとその保護者の良一だけでなく、メアやココ、マアロ、キャリーまでも招待を受けている。

出席者は公爵が治めるメラサル島の貴族が多いが、同じくらい王都の貴族も集まっていた。

エントランスホールで辺りを見渡していると、ココの故郷、ココノツ諸島の外交官であるスギタニが笑顔で近づいてきた。

「やあやあ、石川殿に、オレオンバーグ殿ではござらんか」

「あら？　スギタニさんじゃない。お元気そうね」

スギタニと付き合いが長いキャリーは、優雅な動作で一礼した。

「おお、オレオンバーグ殿は、今宵も煌びやかでござるな」

メアやモアを大人の会話に付き合わせるのは退屈だろうと思い、良一はココとマアロに頼んで二人を先に会場に連れて行ってもらった。

キャリーと一緒に残った良一は、スギタニと立ち話をはじめた。

「今宵の誕生会は実に盛大でござるな」

「そうですね。メラサル島を治めるホーレンス公爵のご息女の誕生会ですからね」

「でも、娘さんの誕生会でこんな盛大なものに参加するのは初めてよ」

「確かに、滅多にお目に掛からない規模でござるな。此度の王国会議でいくつかの案件を通すことができたから、公爵もさぞ機嫌が良いのでござろう」

「そうだったんですね」

「石川殿、あそこで複数の貴族に囲まれている淑女が見えますかな？　王都有数の大貴族リユール伯爵家の当主コロッコス殿を支える、次女のティラス様でござる。コロッコス殿とは石川殿も会ったのではなかったかな」

　スギタニが視線で示す先を見ると、落ち着いた青色のドレスを着た年齢不詳な美人が、多くの若い男性貴族に囲まれていた。

　陸爵式後の晩餐会で会ったコロッコスと同じ青い髪色の女性で、キリッとした目元が伯爵によく似ている。

「リユール伯爵家のティラス様ですか……」

「左様。国王様の第三夫人、レイラ様の妹でもある」

「はあ、とにかく凄い人なんですね」

　王族の血縁関係はいまいちピンと来ない良一は、曖昧な返事をする。

「今回の王国会議で、リユール伯爵家は王国東部の大要塞建設を受注したのはご存じか？　ホーレンス公爵もその案件では伯爵家に多大な支援を送っていたのでござる。その縁でテイラス嬢が招待を受けたのでござろう」

「ああ、大要塞の建設を受注したんですね」

「他人事でござるな？　石川殿の功績も多少は加味されているというのに……」

「なんですかそれ、聞いたことないですよ」

スギタニが言うには、王都に来るまでに立ち寄ったリード大双橋の魔導機修理が、思いのほか会議でも重要視されたらしい。

作業に立ち会った、王国魔導学院の准教授、ササキナが絶賛したということだ。

「東の〝亡者の丘〟には王国も憂慮していて、いち早く要塞建設を進めるために大型魔導機を大量に投入する予定だそうですな」

「王国も簡単には諦められないのね」

「それに、あの丘には財宝があるとわかっているので、貴族達の進言も多いのでござろう」

王国北東部とマアロの故郷であるセントリアス樹国の南部に面している〝亡者の丘〟と呼ばれる場所は、はるか昔にあった強大な王国の跡地らしい。

その王国は呪いで一夜にして滅びたものの、いまだに呪いは健在で、多数の亡者が闊歩している危険な場所だ。

数年おきに、増えすぎた亡者が王国や樹国に襲い掛かってくるのが大きな問題になっている。

「今まで、大型魔導機は壊れてしまえば処分するほかなかったが、修理が可能になれば、より積極的な投資もできる。そこは石川殿の腕にかかっているわけですな」

「修理できるかわからないのに、随分と大きな信頼ですね」

スギタニは〝また謙遜を〟とでも言いたげな笑みを見せると、慌ただしく他の参加者のところへと挨拶に行ってしまった。

「キャリーさん、貴族ってどんどん巻き込まれていくものなんですかね」

「良一君はかなり特殊な例だけどね。まあ、私からは頑張ってとしか言えないわ」

若干気落ちしながら会場に入ると、綺麗に飾り付けられた会場には色とりどりの料理が並べられ、キリカへのプレゼントも高く積み上げられて、ちょっとした山になっていた。

「良一兄ちゃん、こっちこっち！」

モアが良一の姿を見つけて、ピョンピョンと飛び跳ねて手を振って呼ぶ。

良一が近づくと、キリカ専属メイドのアリーナが深々とお辞儀をして挨拶をした。

「石川士爵、本日はキリカ様の誕生会にお越しいただき、ありがとうございます」

「こちらこそ、招待してもらって嬉しいです」

「誕生会の開始まではまだ少し時間がありますが、先にキリカ様にお会いいただけるように手筈を整えてありますので、こちらへどうぞ」

アリーナに案内されて二階の部屋に入ると、綺麗なドレスに身を包んだキリカが椅子に座っていた。

「キリカちゃん、誕生日おめでとう」

「ありがとうモア、すごく嬉しいわ。誕生日はまだ先なんだけど……お父様ったら、ご自分の都合で話を進めてしまうの。困ったものだわ」

「あー、まあ、色々あるんだろうね。気が早いけど誕生会だから、一応……誕生日おめでとう、キリカちゃん」

「良一もありがとう。気持ちを切り替えて私も楽しむつもりよ。皆も楽しんで」

誕生会が始まるまでの時間は少ししかなかったが、良一達はキリカにプレゼントを直接渡すことができた。

モアとメアからはお揃いのアクセサリー、マアロからはお守りなど、高価ではないがそれぞれ一生懸命に選んだプレゼントを受け取り、キリカはとても喜んだ。

再びアリーナに呼ばれ、良一達は一足先に会場に向かう。

しばらくすると、ホーレンス公爵にエスコートされてキリカが登場した。

幼いながらも凛とした佇まいのドレス姿を見て、あちこちでため息が漏れる。

一瞬の静寂の後、万雷の拍手が今日の主役を出迎えた。

「諸君、今日は私の娘キリカの誕生会に参加してくれて感謝する。たくさんの方々と今日という日を過ごせることを、娘も喜んでいる」

公爵の挨拶のあとは、ティラスが代表してキリカに花束を渡し、誕生会は和やかな雰囲気で始まった。

とはいえ、主役のキリカは有力な貴族達への挨拶で大忙しだ。

「やっとモア達の所に来ることができたわ」

しばらくして、良一達の所に顔を見せたキリカの表情からは早くも疲労が窺える。

「えへへ、おかえり、キリカちゃん！」

公爵と一緒に挨拶回りをしていると、相手方の貴族からキリカに対して孫や息子の婚約者にならないかと提案されることもしばしばあるらしい。だが公爵はその手の話題をのらりくらりかわして、上手く立ち回っている。長く貴族の世界に身を置く彼の手腕と言えよう。

「やあ、石川君。キリカにプレゼントを贈ってくれたようだね。感謝するよ」

「いえ、妹と仲良くしていただいておりますし」

「君達には、娘の誘拐を防いでもらったし、大規模要塞の案件でも充分な寄与をしてもらった」

「少しでもお力添えできたなら、光栄です」

良一は今のところ要塞建設の件には一切関与していないが、日本人としての性なのか、謙遜と曖昧な言葉を返してしまう。

「君ほどの将来性のある若者ならば、キリカを嫁がせても良いかもしれないな」

冗談とも本気ともつかない公爵の一言で、良一達とその周囲の参加者の空気が固まった。

「あ、あの、公爵様、それはなんと言いますか、恐れ多いと言いますか……」

「良一は私のことが嫌い?」

あろうことか、キリカまでもがこの会話に加わり、良一はしどろもどろになる。

「キリカちゃんも、悪ふざけは」

公爵家の婚姻話となると、貴族社会でも大事だ。キリカとの婚姻を狙っている家の者ではなくとも興味津々に聞き耳を立てるので、会場はさらに静まり返る。

「娘と名前を呼び合う仲だったとは」

「いや、公爵様、これは……」

「お父様、良一とは〝遊びだけ〟の関係よ?」

「なに、遊びだったのか!?」

「ち、ち、違います！　キリカちゃんも誤解を招くような言い方はやめて――」

周囲の空気がいよいよ暴発しそうになった瞬間、青いドレスの女性が声をかけてきた。

「ホーレンス公爵、お戯(たわむ)れは程々(ほどほど)に」

「ティラス嬢、彼の人となりは理解できたかね？」

「ええ。とても純朴(じゅんぼく)で、王都のすれた貴族子弟よりも良い関係を築(きず)けそうだ」

ティラスと公爵は何やら納得の様子だが、取り残された形の良一は首を捻(ひね)る。

「これは、なんだったんでしょうか？」

「いや、すまないね。こんな席だ、少しだけ悪ふざけしてしまったよ。ティラス嬢に紹介をと考えていたのだが、その前に一芝居(ひとしばい)を打たせてもらった」

公爵のその言葉で、場の空気は一気に弛緩(しかん)して、和やかな雰囲気が戻ってきた。

「私にも責任の一端(いったん)がある。申し訳ない。改めて……リユール伯爵家の次女、ティラスだ。これから東部要塞建設の際には助力を願うかもしれないが、以後よろしく」

「石川良一です。よろしくお願いします」

ティラスとの挨拶は簡単に名前を名乗るだけで終わり、その後公爵は彼女を連れて会場の中心に戻っていった。

公爵達が完全に去った後、この場に残ったキリカが、良一を手招きして耳元で囁(ささや)く。

「私は拒(こば)まないよ？」

良一は驚いて立ち上がり、誰かに聞かれていやしないかと顔を真(ま)っ赤(か)にして辺りを見回した。

フフフと余裕の表情で微笑むキリカと、訳がわからなくてニコニコしているモア、やれやれと呆れるキャリー。しかし、メアとマアロとココは、笑顔だが目が笑っていなかった。

キリカの誕生会はちょっとした波乱を巻き起こしながらも、つつがなく終わったのだった。

誕生会の翌日、ホーレンス公爵の使いが良一達の宿を訪れた。

「俺とキャリーさんですか？」

使いの者は、良一とキャリーに屋敷へ来てほしいという内容の手紙を渡してきた。

「ええ、昨日の今日で申し訳ないのですが、ご足労いただけますか」

良一もキャリーも予定はなかったので、準備の時間をもらってから二人で公爵邸を訪れた。

屋敷は昨夜の喧騒が嘘のように静かで、飾り付けなどもすでに取り外されている。

使用人に案内されて執務室へと入ると、公爵が出迎えた。

「昨夜ぶりだね、オレオンバーグ殿、石川君」

「こんにちは、本日はどのようなご用件でしょうか？」

「大きな案件も纏まったので、私は明日にでもメラサル島へと戻るつもりだ」

「そうなんですね」

「そこで君達に頼みがあるんだが、聞いてもらえるだろうか」

　ホーレンス公爵は笑みを浮かべながら話しはじめる。

「キリカの誕生会を早めた理由の一つでもあるのだがね……娘が精霊と契約する補助を頼めないだろうか？」

「精霊契約の補助ですか？」

「私は先に出発するが、キリカ達はしばらく王都に残らせる。その間に契約できれば、と考えていてね」

　以前キリカに聞いたところによると、彼女はすでに精霊の祝福を受けているが、公爵の方針でまだ契約は行なっていないらしい。

　公爵は、精霊と契約して絶大な魔法を操る精霊術師の有用性は理解している一方で、その力を上手く制御できなかった際のデメリットも充分に承知していた。

　そのため、キリカが物事の分別がつき、自分を律することが可能な年齢になったら契約を認めるという約束をしているのだ。

「メラサル島で会った時には、精霊術を習得していなかった石川君が、この短期間のうちに自在に使いこなしているのには私も驚いた。また、Ａランク冒険者として活躍し、精霊術師としても著名なオレオンバーグ殿に協力いただければ、これほど心強いことはない」

「確かに、初めての精霊契約なら、顔見知りの精霊術師に同行してもらった方が良いわね」

「キリカちゃんの助けになるなら、自分は大丈夫ですけど」

キャリーが公爵の話に頷いたので、良一も話を合わせたが、彼はなんとなくその場の流れと感覚で精霊と契約してしまったので、正しいやり方を知っているわけではなかった。

「公爵様には、王都での宿の代金を私の分まで含めて払っていただいているから、もちろんお手伝いをさせていただきますわ」

「良い返事をもらえて良かった。では、よろしく頼む」

公爵はそう締めくくると、明日の帰島までに済ませなければならない仕事があると言って、その場を後にした。

公爵の執務室を出た良一達は、使用人に頼んでキリカと打ち合わせする場を設けてもらった。

「良一、お父様の頼みを聞いてくれたそうね」

公爵からあらかじめ説明を受けていたのか、キリカは部屋に入ってくるなり笑顔だ。

「ああ、キャリーさんとも話していたんだけど、モア達も同行させていいかな?」

「もちろん。モアが来てくれるなら嬉しいわ」

「王都付近で精霊契約を行うなら、東部のナルタリ平原よね？」

キャリーが王都周辺の地名を挙げると、キリカが頷いた。ある程度自分で下調べしているらしい。

「ええ、そこに多くの精霊がいるんでしょ？」

「そうね。馬車で半日ほどの距離だから、私もあそこが良いと思うわ」

良一としては、少し前に王都西の丘で大精霊に会っているので、そちらを提案したい気持ちもあったが、王都に詳しいキャリーに任せることにした。

「明日はお父様の見送りがあるから、早くても明後日以降なんだけど」

「そうね……準備も含めて三日後が良いんじゃないかしら？」

キャリーの提案が通り、三日後にキリカと一緒に出掛けることになった。

以前、キリカが誘拐に巻き込まれそうになったので、公爵家の方で移動用の竜車の手配や護衛の騎士の派遣をしてもらえるようだ。

「じゃあ、三日後にモア達と一緒にまた来るよ」

「楽しみに待ってる」

宿に戻って、モアにキリカの精霊契約の手伝いをすると伝えると、喜んで一緒に行くことに同意した。メア、ココ、みっちゃん、マアロの四人もピクニックがてら同行する。

「そういえば、キャリーさん。少し前に王都の西にある花畑にモアとみっちゃんと一緒に行った時に、大精霊様に会ったんですよ」

「まあ本当に⁉　それは初耳ね」

「だから俺はてっきり、キリカちゃんの精霊契約は西の丘に行くんだと思っていたんですけど、あの場所はあまり有名ではないんですか？」

「このあたりの冒険者の間じゃあ、西の丘の花畑は精霊も多くないし、ごく普通の場所って評判よ。今度私も行ってみるわ。ただ、今回は公爵様も東の平原で精霊契約をするものだと思っているから、変に場所は変えずに定番のナルタリ平原にしておきましょう。西の丘はまた次の機会ね」

「わかりました」


何度かキリカと段取りを打ち合わせして、三日後の朝。

公爵邸を訪れると、揃いの鎧(よろい)に身を包んだ公爵の私設騎士隊が良一達を出迎えた。

挨拶をして、隊長と今回の移動から契約までの流れを改めて打ち合わせていると、動きやすそうな服を着たキリカが出てきた。

「おはよう、皆」

「おはよう、キリカちゃん。天気に恵まれて良かったね」

「早く行こう、キリカちゃん！」

モアは早速、キリカに駆け寄って楽しそうに話しはじめる。

「キリカちゃん、モアね、良一兄ちゃんとキャリーさんと一緒にお弁当を作ったの。お昼に皆で食べよう」

「モアが作ってくれたの？　嬉しいわ。今からお昼ご飯が楽しみね」

「キリカ様、用意はできておりますので、いつでも出発できます」

従者に促され、良一達は竜車に乗り込む。

竜車は合計五台で、その周囲を馬に乗った騎士が並走（へいそう）するという厳重（げんじゅう）な警備（けいび）態勢だ。

キリカ、モア、メアとマアロの四人で一台、良一とココとキャリーとみっちゃんの四人で一台、残りはキリカの使用人達が分乗している。

「では、出発しましょう！」

子供組がいないので、良一はこれからの予定について話をすることにした。

「ココ、以前に聞いていた剣神の神殿に行く話なんだけど」

「はい、王都北部の霊峰（れいほう）ホウライ山の麓（ふもと）にある神殿ですね」

「ミレイアさんとの合同クエストが終わったら王都での予定がなくなるから、その後に行くのはどうかな？」

「そうですね、本格的な冬になる前ならば、良い時期だと思います」

「ココちゃん、王都にいる間にますます剣の腕が上がってきているし、剣神様に気に入られそうね」

「王国軍の剣術道場に招いていただいて、それがとても良い励みになっています」

授爵式の晩餐会で、良一はグスタール将軍から王国軍の武術道場に招待を受けていた。

その場にココはいなかったが、宿に戻って道場の話をすると、彼女が関心を示したので二人で訪ねてみたのだ。

ボコボコとは言わないまでも、良一にとってはなかなか苦い経験になった。

結局、良一が足を運んだのはその一度だけだったが、ココは剣術道場の教官に気に入られたのもあり、時間が空いた時には通って稽古をしているらしい。

道場以外にも、キャリーやミレイアというAランク冒険者とたまに手合わせをして、腕を磨いているおかげで、彼女はメキメキと力をつけている。

Bランク冒険者としての地力に、知識や直感も備わってきているので、あとは加護を得て神器さえ使えればAランク冒険者への昇格も間違いないだろうと、キャリーは太鼓判を押している。

「そういえば良一君もBランクへの昇格試験を受けられるのよね」

「ミレイアさんとの合同クエストで条件は揃うらしいです」

「あら、受けてみないの？」

「正直言うと、現状は今のCランクで満足しています。ただ、ココと並び立つためには昇格しないといけないと考えていますけど」

「二人はパーティメンバーですものね」

　そんな話をしていると、あっという間に目的のナルタリ平原へと到着した。

「精霊術師になっているからなのか、この辺は空気が違う感じがするな」

　良一は今まで感じなかった微妙な変化に気づき、周囲を見回した。

「そうね、精霊が多い場所は邪気も払われて、自然が活性化すると言われているわ」

「なんか、モアも元気が出てきた！」

　ピョンピョンと飛び跳ねるモアを一旦落ち着かせて、良一はキリカに声をかける。

「キリカちゃん、精霊契約はお昼ご飯を食べてからにしよう。キャリーさんの話では、精霊契約をするにはリラックスした状態で行なった方が良いらしいよ」

「そう。じゃあ、モアが頑張って作ってくれたお昼を食べてからにしましょう？」

「それがいいよ、キリカちゃん！　いっぱい食べてね」

　使用人にも手伝ってもらいつつ昼食の準備をして、景色を楽しみながら食べた。

　モアが小さな手で握ったおにぎりは、良一には一口だったが、様々な種類のふりかけで彩られていて、見た目にも可愛らしい。

「とても美味しいわ、モア」

「モアはこの黄色いのが入ってるおにぎりが一番好き」

「黄色いつぶは玉子の味なのね？　どうやって作っているのか、不思議だわ。でも、巻いてある黒い海苔(のり)ってものと合わさって美味しい」

「ごふっ……！　良一、お茶を取って」

キリカが繊細(せんさい)な舌で味を分析する傍(かたわ)ら、おにぎりを一気に頬張(ほおば)りすぎてむせるマアロだった。


少し食休みをしてから、良一達はいよいよ精霊と契約すべく行動を開始した。

あまり大人数で歩くと精霊達を警戒(けいかい)させてしまう恐れがあるので、キリカの面倒を見るのは主に良一とキャリーとモアで、他の者達は周囲を散歩しに行った。

「モア、精霊と契約するにはどうすれば良いの？　お父様の家臣の精霊術師に聞いても何も教えてくれないのよ。心配しなくてもキリカ様ならば簡単に契約できます――なんて言われても、わからないわ」

「かーくんとはね、握手(あくしゅ)をしたら仲良くなったよ」

「握手をすれば良いのね」

「あとはね～、かーくんと一緒にいると、ポカポカしたの。他の精霊さんと違って」

「契約できる精霊はポカポカするのかしら」

基本的に精霊はふわふわと漂う光球のような存在で、人間みたいな手はない。良一はモアがどうやって握手をしたのか謎だったが、子供ならではの表現だと思ってそのまま流した。

それでも、モアとキリカの間では意外と会話が成立しているので微笑ましい。

少しして、キャリーが平原の中でもちょっとした丘になっている場所で足を止めた。

「このあたりで良いでしょう。キリカちゃんも感じるかしら、精霊が多くいる雰囲気を。〝精霊の感覚〟って呼ばれているんだけど」

「確かに……王都や公都とも違う不思議な感じがするわ」

良一も精霊術師としての感覚で、この空間に精霊が多くいるのを捉えた。

目を凝らすと、チカチカと点滅を繰り返す精霊が何体か発見できる。

「精霊さんがいっぱいいるね」

「初めての精霊契約で緊張するわ」

「大丈夫だよ、キリカちゃん」

皆で精霊の気配がする方向に進むと、より一層濃い精霊の気配を感じた。

平原のど真ん中で、川などはなさそうだが、その場所は小さな泉になっている。おそらく、地下からの湧き水が溜っているのだろう。

「見て、水の精霊がいるわよ」

キャリーが指差した先には、チカチカと明滅する光の球体が浮かんでいた。

モア達が契約した風の精霊は全体的に緑がかった光だったが、水の精霊は青っぽい光だ。

「キリカちゃんは水の精霊の祝福を受けているようだから、ちょうど良いわね」

「はい。キャリーさん、どうすれば……」

「まずは精霊達に近づいてみなさい。大丈夫、精霊達も突然襲いかかったりしないから、安心して」

キャリーの指示に従って、キリカはモアと手をつなぎながら恐る恐る精霊に近づいていく。

精霊達の方も、不思議そうに様子を窺いながら二人の周りを飛び回った。

「キリカちゃん、ポカポカする精霊さんはいる？」

「まだわからないわ」

キリカが右手を前に出すと、数体の精霊が近づいて来て彼女の手に触れた。

最初は驚いていたものの、すぐに怖くなくなったのか、キリカはモアと一緒に精霊と触れ合いながら契約してくれる精霊を探しはじめる。

そんな二人と周囲の精霊を眺めていると、良一の耳に聞き覚えのある声が聞こえてきた。

「お久しぶり～」

「大精霊様⁉　――って、つい最近も会いましたよね」

「あら、そうだっけ～？　人間の時間はわからないわ。それにしても、良一とはよく会うわね～。今日はここの精霊達と契約しに来たの？」

「そうです。あそこにいる金髪の女の子に精霊と契約してもらうのが目的ですね」

「そうなの～、うちのセラも楽しそうでよかったわ～」

大精霊が指差した先にはいつの間にかセラがいて、モアとキリカの間で手をつないでいた。

突然現れた大精霊様とセラに驚き、護衛の騎士達に警戒が走るが、ココやマアロが大精霊だと説明して事(こと)なきを得た。

「ここの精霊達は、心根(こころね)が綺麗な子なら契約してくれると思うわ。頑張ってね～」

大精霊は、セラは遊び終えたえら一人で帰るからと言い残し、ちゃっかりドーナツの箱を受け取って、先に消えていった。

「良一兄ちゃん、キリカちゃんが契約したって！」

「今行くよ」

モアの呼び声に応えて、良一は二人のもとに駆け寄った。

「〝この子達〟と契約したわ」

見ると、キリカの手の上には二つの光が漂っている。つまり、二体の精霊がいるということだ。

「二体？　キリカちゃんはこの二体の精霊と同時に契約したのか？」

「そう。〝クリスティーナ〟と〝シャパーニュ〟が一緒に契約したいって言ったから」

「キャリーさん、大丈夫ですかね？」

「まあ、たまに聞くから大丈夫よ。おそらく、この精霊達は双子なんだと思うわ」

「なら問題ないのか。精霊契約できて、おめでとう」

そうして無事にキリカは精霊と契約を交わしたのだった。


しばらくすると、散歩に出ていたモア達も戻ってきて、キリカが契約した精霊と、自分達の精霊を見せ合ったりして楽しく過ごしていた。

と、思っていたのだが――

「良一兄さん、見てください！」

近づいてきたメアの回りには、二つの光球が漂っていた。

「確か、メアが契約したコハナは双子じゃなかったと思うけど……」

良一は見間違いかと思って目をこすったが、精霊の数は減らない。

「まさか、新しい精霊と契約したのか？」

「ダメでしたか？」

「いや、全然ダメじゃないけど……」

見ると、いつの間にかモア、マアロ、ココもそれぞれ新しい精霊と契約を交わしていた。

「良一も契約すればいい」

　マアロは新しい精霊を自慢げに見せつけながら、しれっと言ってのける。

「皆ちゃっかりしているなあ。キャリーさんはどうします？」

「私は皆と違って大精霊様の祝福を受けていないから、火の精霊としか契約できないの。良一君も遠慮せずに、気が合う精霊を見つけてきなさいな。まだ時間の余裕はあるしね」

「じゃあ、ちょっと見てきます」

　早速、良一も〝精霊の感覚〟を頼りに水の精霊と触れ合ってみる。

　精霊のことは精霊が一番詳しいと思い、良一は自分が契約している風の精霊リリィに出てきてもらった。

『相変わらず、水の精霊は陰気くさいわね』

　リリィは開口一番文句を言うので、周囲にいる水の精霊達は抗議するように激しく明滅しはじめる。

「リリィ、そんなこと言うなよ。なんだか水の精霊も怒っているみたいじゃないか」

『良一には私がいるんだから、別に水の精霊とは契約しなくてもいいでしょ？』

　良一は風の精霊と水の精霊は互いに仲が悪いのかと思ったが、メアやモアが契約した精霊はそれぞれ楽しそうに遊んでいるので、特に精霊同士の相性が悪いというわけでもないらしい。

嫌がるリリィを無視して契約しても話がこじれそうだと考えた良一は、素直に水の精霊との契約を諦めようと踵を返す。

そこへ、一体の水の精霊が近づいてきた。

『相変わらず、風の精霊は気分屋でいい加減ね』

『なんですって⁉』

『本当に気性の荒い風ね。ねえ、そこの大精霊様の祝福を受けている方、そんな風との契約なんて破棄して、私と契約しない？』

『なんてことを提案しているのよ、この水が‼』

この一触即発な雰囲気を緩和せねばと、良一は二体の間に割って入る。

「リリィも落ち着け、それに水の精霊の君も、そんな挑発をしないでくれ」

『でも良一……』

「リリィ、俺達は喧嘩しに来たわけじゃないんだぞ」

『反省するわ、良一』

『私も突っかかってしまってごめんなさい』

どうにか場も収まったので、良一は改めて水の精霊を観察した。

鑑定をしてみると、この精霊は、初めて会った時のリリィと同じくらいの実力を持っているのがわかった。

　レベルが高くて強い精霊であれば、それだけ契約者の魔力を使って精霊魔法を放つのが上手くなるが、その分契約はしづらくなるという。

　しかし、幸いにもリリィは自分から良一に契約を求めてきたので、良一はさほど苦労せず契約できた。この水の精霊も良一に対して悪い感情は抱いていないようだ。

　ちなみに、精霊のレベルは生まれてからの年月に比例するらしい。

「水の精霊の君は、契約者はいないんだよね」

『ええ、若い頃は何人か契約したことがあるけれど、今はフリーね』

「なら、俺と契約を結んでくれないか」

『ちょっと良一、結局契約するんじゃない！　あんたには私がいるでしょう⁉』

「いやあ……確かにリリィもいるけれど、王都でキリカちゃんが襲撃を受けた時も、ドラゴンゴーレムが動き出した時も、自分の力不足を実感したんだよ。いくら神様にもらった能力で分身ができても、元が強くないとね」

『まあ、良一が決めることだし？　どうしてもって言うなら、私は反対しないわ』

『私も契約してもいいわよ。ちょっとは見どころがある人間みたい』

「そうか、じゃあ契約名を考えるか」

『綺麗な名前をお願いね』

「うーん。あまりセンスはないんだけど…… 〝プラム〟とかどうだ？」

『まあ、少し可愛らしすぎる響きだけれど、気に入ったわ』

「これからよろしく頼むよ、プラム」

『こちらこそ。契約者、良一』

『プラム、私の方が契約精霊としては先輩ですからね』

『ええ。でも、年増の先輩とは違って、私は良一のことを丁寧にサポートするわ』

『なんですって⁉』

「喧嘩はやめて、仲良くしてくれよ」

早速リリィが先輩風を吹かせるので、またしても両者の間で火花が散る。

『『無理！』』

「せめて少しくらい努力してくれ」

良一は重いため息をつきながらリリィとプラムを宥め、モア達と合流した。

「良一兄ちゃんも水の精霊さんと契約したんだ？」

「ああ。プラムって名前を考えたんだ」

「そうなんだ、こんにちはプラムちゃん。石川モアです。良一兄ちゃんの妹です」

『こんにちは、良一の妹なのね、これからよろしくね』

「よろしく！」

キリカは早速キャリーに精霊とのふれあい方や精霊魔法の基礎を教わっていて楽しそうだ。

「さて……これで公爵様のお願いは無事に果たせたし、そろそろ王都に戻ろうか」

良一がそう提案すると、キリカも同意した。

「そうね。皆、今日はありがとう！　じゃあ隊長さん、王都に戻りましょうか」

護衛隊に囲まれながら帰路に就き、問題なく王都にたどり着いた。

公爵邸に到着した頃にはすでに暗くなりはじめていたので、その場で解散することにした。

「改めて、今日はありがとう。皆のおかげでクリスティーナとシャパーニュと契約できたわ。とても良い日だった」

「無事に契約できて良かったよ。モアは疲れて眠ってしまっているし、これで失礼するよ。キリカちゃんも疲れただろうから、ゆっくりと休んで疲れを癒やしてね」

「良一、モアにもありがとうと伝えて」

竜車の中で眠ってしまったモアを背中に担いで宿に戻ろうとすると、小袋を持った使用人が慌てて良一を呼び止めた。

「石川士爵、公爵様から本日の〝お礼〟を預かっております。こちらをお持ち帰りください」

「いえ、送り迎えだけでなく、道中は護衛までつけてもらいましたし、俺達も精霊の契約をしてきたんで……」

「石川士爵は固辞するだろうが、確実に渡せと申しつかっております」

使用人は頑として譲らず、これ以上不毛なやり取りを続けても仕方がないので、良一は報奨金を受け取ることにした。

「本日はキリカ様の精霊契約へのご助力ありがとうございました」

両手が塞がっている良一の代わりにメアが報奨金を受け取り、一行は今度こそ宿へと戻った。

キリカが精霊と契約した後も、一週間の間、キャリーを中心に、精霊術師としては少し先輩の良一やマアロなどが精霊とのコミュニケーションの取り方や鍛錬の方法を教えた。

基礎的なことはマスターできたので、キリカはメラサル島に帰ることになった。

「モア、元気でね、また遊びましょう」

誕生日プレゼントとしてモアが渡したお揃いのブレスレットをつけたキリカが、見送りに来た良一達に手を振る。

「うん、キリカちゃん！　絶対遊ぼうね」

モアはキリカが出発するギリギリまで話し合い、竜車が動き出してからも姿が見えなくなるまで手を振り続けた。

「キリカちゃん、行っちゃったね……」

「キリカちゃんと王都で一杯遊んで、思い出もたくさんできただろう？　また遊ぶ約束をしたんだから、すぐに会えるさ」

寂しくて足に抱きついてきたモアの頭を優しく撫でて、良一は安心させるように言った。

「うん」


キリカを見送った後は、プラムと水の精霊魔法の訓練をしたり、ココと一緒にキャリーに剣術を習ったりして過ごしていると……昼頃に、Aランク冒険者であるミレイアが宿を訪ねてきた。

「やっほー！　皆、元気だった？」

「こんにちは、ミレイアさん。戻ってらしたんですね」

「ルテッチ伯爵の領地は遠かったわー。大事なスポンサー様だから無下にはできないけど、さすがに遠すぎるわ」

王都で活動する高ランクの冒険者の中には、貴族から資金を提供されて活動する人もいるらしい。

貴族からの依頼を何度か受けているうちに気に入られる場合もあれば、逆に貴族の方から高ランク冒険者とのつながりを求めるパターンもあるという。

当然、Aランク冒険者のキャリーにもそういった話はあったが、身軽な生活が性（しょう）にあっていると言って、スポンサーの提案は断っていたそうだ。

「まあ、ルテッチ伯爵の依頼は移動の護衛とか採取（さいしゅ）の類（たぐい）ばかりだから、難易度的には低いんだけど」

当初、良一達はミレイアと合同クエストの予定をしていたのだが、王国会議に参加したルテッチ伯爵から領地への帰路の護衛依頼が出たため、延期されていたのだ。

「お疲れさまです、ミレイアさん」

メアが宿の食堂から持ってきた冷たい水を差し出した。

「あらメアちゃん、ありがとう。聞いたわよ、王国立学園の模擬試験で一番だったんですって？　凄いじゃない」

「ミレイアさんにも実技試験の対策をしていただいたので、その成果が出ました」

「なんて良い子なのかしら」

ミレイアは、メアが手足をばたつかせるのもお構いなしで、抱きしめてわしわしと頭を撫でる。

　そんな二人に苦笑しつつ、キャリーが切り出す。

「それで、合同クエストにはいつ行く予定なの？」

「そうね、ルテッチ伯爵領からの帰りに寄って様子を見てきたんだけど、あれならいつ行っても大丈夫そうよ」

「確か、ソルナの花の採取に行くのよね？」

「ええ、ソルナの花は何故か繁殖期のマウントボアの巣にだけ咲く珍しい花なの。その花弁を煎じれば、珍しい熱病の特効薬になるの」

　ミレイアは、詳しく知らない良一達にもわかるように解説した。

「昔、私もその熱病にかかってね。冒険者になってからというもの、この時期になると決まってソルナの花の採取依頼を受けてきたの」

「私も前に何度か、ミレイアと一緒にソルナの花の採取に行ったわ」

「ミレイアさん、マウントボアはかなり危険な魔物と聞きますが」

　ココが真剣な表情で先輩二人に問いかけた。

　マウントボアは巨大なイノシシの魔物で、気性が荒いことで知られている。

「ええ。マウントボアの危険度は通常時でBランク相当なのに、繁殖期はAランクに上がるの。だからいつもは安全マージンを取って、高ランク冒険者と臨時パーティを組んでいたんだけど、今年は皆都合が悪くて……。手伝ってくれて助かったわ」

「ココはともかく、俺はCランクなんですけど、大丈夫なんですか？」

「普通のCランクだったら、シャウトベアキングやドラゴンを退けたりできないわよ。ねえ？」

ミレイアは呆れた様子で肩を竦め、キャリーに同意を求めた。

「そうよ。私も良一君の実力を認めているから、今回の合同クエストを受けたのよ」

今回の採取依頼は、良一、ココ、キャリー、ミレイアの四人だけで目的地に向かう。その間、メアとモアの面倒はマナカにお願いすることにしている。

「私が見てきた限りだと、予定よりも繁殖期のピークが早まっているみたいだし、早めに出発したいんだけど」

「俺はいつでも大丈夫ですよ」

「そう。なら、明後日の出発でいいかしら？　前に説明したけど、王都から往復二日、現地で採取が一日の予定よ」

「わかりました。準備しておきます。……キリカちゃんの精霊契約に向かう道中は、護衛の人達が片付けてしまっていたから、久しぶりの実戦だな」

不安を漏らす良一に、ココが微笑みかける。

「心配なら、出発までの間に稽古をつけましょうか？」

「お手やわらかにお願いするよ」

良一とココは遠征に必要な消耗品を購入し、準備を進めたのだった。

あっという間に二日が過ぎて、合同クエストに出発する日の朝。ミレイアが宿屋に迎えに来た。

「キャリー、良一君、ココちゃん、準備はいいわね？」

「はい、バッチリです。二人とも、マナカさんの言うことを聞いて、留守番をお願いな」

「うん！　行ってらっしゃい、良一兄ちゃん」

「皆さん、頑張ってきてください」

メアとモアが元気一杯に手を振って一行を見送る。

「何かあったら、みっちゃん、頼むぞ」

「はい、お任せください」

「私もいる」

少々不満げなマアロの視線を背に受けながら、良一達は王都を後にしたのだった。

マウントボアは、王都の西に流れる川を越えて、さらに進んだ先にある深い森の中にいるらしい。

今回は馬車や竜車は使わず、自分の足で走って向かうことになった。

高ランク冒険者はそれに見合うだけの身体能力を有しているので、悪路ならば馬車よりも速く移動できる。

ミレイアを先頭に、ココ、良一、キャリーと一列になって目的地へと進む。

良一にとって、クエストの目的地まで走って長距離移動するのは初めてだったが、リリィの精霊魔法で空気抵抗を和らげ、常に追い風の状態にすると、思っていた以上に体力の消耗を抑えられた。

移動中はキャリーから長距離を走るための魔力の活用方法や、呼吸方法などを教わり、実践していき、一段と移動が楽になったのを実感した。

「あっさり呼吸法もマスターしたし、さすがね、良一君。普通のCランクなら息が上がっているころよ。それに、ココちゃんは武術をやっているだけあって、正しいリズムで呼吸ができているわ」

「ありがとうございます」

「キャリーさんに褒められると、悪い気はしませんね」

「後ろの三人、おしゃべりもいいけど、前から魔物がやってきたわ。向こうもやる気みたい。迎え撃つわよ」

　ミレイアに促されて前方に目を凝らすと、狼型の魔物が走ってくるのが見えた。

　良一は精霊魔法の練習がてらプラムに声をかけて、魔物に狙いをつける。

「プラム、広範囲の魔法で近づく前に片付ける」

『了解、私は準備ＯＫよ』

「レインナイフ」

　良一が魔法名を叫ぶと同時に魔物の頭上に水たまりが発生し、魔物を完全に覆い尽くすほどの大きさになると、次々に水の短剣へと変わって降り注ぎはじめる。

　水のナイフは切れ味鋭く、次々に魔物を切りつけてとどめに何本も同時に体に突き刺さり、魔物は絶命した。

「やるじゃない、良一君。最後に会った時よりも精霊術の腕を上げたんじゃない？」

「いやいや、プラムのおかげですよ」

「けれど、順調に強くなっているわよ」

　そのまま四人で協力して魔物を倒しながら進み、目的地まで順調に走り続けた。

　休憩しながら一日走り続け、目標地の森まで数時間というところまで到達した。

　日も暮れたので、今日はここで野営をする。

「アイテムボックス持ちの人との旅は楽ね」

ずらりと並んだテントや調理器具を見て、ミレイアがしみじみと漏らした。

「確かにアイテムボックスも便利だけど、良一君が持っている魔道具が凄すぎるのよ。熱くないランプ（ＬＥＤランプ）も、火が簡単につく炉（カセットコンロ）も便利よね。王都で販売したら、金貨三十枚はくだらないんじゃない？」

良一が地球から持ち込んだ道具類は、一括りに『魔道具』で通している。

本当なら動力が魔法ではないので別物だが、不思議な効果をもたらすことに変わりはない。

「そんなものですかねえ……。さあ、料理ができましたよ」

良一は、キャリーと一緒に作った料理をキャンプ用の折り畳みテーブルに並べていく。

「キャリーの料理は久しぶり」

「そうね。ミレイアは、あれから料理の腕は上達したの？」

「ほら〜、私は食べる専門だし」

「相変わらずってことなのね」

キャリーの質問をミレイアは笑ってはぐらかした。

「まあ、旅暮らしじゃあこんなに食材や道具は揃わないからね。干し肉なんかの保存食は料理に向かないし」

どうやらミレイアは料理が得意ではないらしい。ココもココノツ諸島の郷土料理以外はあまり得意ではないので、シンパシーを感じているらしく、しきりに頷いている。

「それでも、普通なら少しでも食を楽しめるように頑張るんだけど……」

「エルフは我慢強い種族なのよ」

「そういうことにしておきましょう」

キャリーはそう言うと、可愛らしいフリルのついたエプロンを外して席に着く。

食事中は見張りを立てていないが、良一は密かにココノツ諸島の研究施設で発掘した防犯用センサーを腕時計型デバイスと同期して、安全を確保している。

魔物がセンサー内に侵入した際には、振動と音で知らせてくれるので安心だ。

結局、センサーが反応することなく夕食を終えた一行は、夜の見張りについて相談をはじめる。

「じゃあ、夜の見張りは二人一組で交代。いいわね」

ミレイアはパーティ行動に慣れているだけあって、テキパキと段取りを決めていく。

「組み合わせはどうするの？」

「慣れた組み合わせの方が連携も取りやすいでしょうし……私とキャリー、良一君とココちゃんで良いんじゃないかしら」

「そうね、私もミレイアの案に賛成だわ」

キャリーに続いて、良一とココも頷いて同意する。

「じゃあ、私とキャリーが後番をするから、二人は先に夜警をお願いしてもいいかしら」

「了解です」

夕飯の片付けを終えて良一達が夜警につくとすぐに、キャリーとミレイアは眠りはじめた。

高ランク冒険者として数々のクエストで経験を積むほどに、どんな場所でもすぐに眠れる特技が身につくというが、一分たりとも無駄にしない、見事な早業だ。

「こうしてココと二人で夜警をするのは初めてだな」

「そうですね。普段ならみっちゃんもいますしね。メアちゃんやモアちゃんは、今頃もう寝ているでしょうか？　母さんに任せたから大丈夫だとは思いますが、母はあれでちょっと抜けているところもありますし……」

「ははは。でも、ココはマナカさんと似ているよ。母娘だけあって、笑った時の目のあたりや雰囲気がそっくりだ」

「本当ですか？　私は母さんと違って、小さい頃から剣を振るうことばかりを考えていて、女性らしさは全くないと思うんですけど」

「いやいや、ココは充分女性的だし、メアとモアにとっては、良きお姉さんだよ。正直、二人を妹にした時に少し不安はあったんだ。俺はずっと父と二人の男所帯で、女の子と生活したことなんてなかったからね。ココがいてくれて助かったよ」

「そうですか？　私も今まで良一さん達と一緒に旅をしてきて楽しかったです。それに、こうして水の精霊のシズクとも契約できました」

ココが手をテーブルの上に置くと、淡い光を点滅させながら、ココの契約精霊が飛び出した。

緑の方は風の精霊のサオリ。青い方が新しく契約した水の精霊のシズクだ。

「そういえば、ココはあまり放出系の精霊魔法は使わないよな」

「剣士ですから、遠距離よりも近距離での戦闘ばかりしていたので、どうも放出系は苦手で……。シズクもサオリも私の得意分野である肉体強化系や武器強化系などのバフ効果の精霊魔法を多用してくれています」

「風の精霊は俊敏性、水の精霊は柔軟性とスタミナを上げるのが得意なんだよな。近距離でスピード重視の連撃を得意とするココにはピッタリの強化魔法だと思うよ」

「ええ、王都の武術道場でもお墨付きを得られましたからね。もっとシズクとサオリと信頼を重ねていけたら、さらに強くなれるはずです」

「ココも日々成長しているな。置いて行かれないように、俺も頑張らなきゃ」

「ふふふ、頑張ってくださいね。……そういえば、最近メアちゃんと二人で出かけたりしていますか？」

「メアと？」

「ええ。王国立学園の模擬試験の前は勉強で忙しかったと思いますが、その後です」

「模擬試験の後に何度か王都を回ったけど、モアとマアロも一緒だったな」

「メアちゃんはお姉さんとして振る舞っていても、まだまだ子供なんですよ？　モアちゃんやマアロがいたら遠慮しちゃって、良一さんに思い切り甘えられないいんじゃないんですか？」

「そうなのか。確かに、メアはいつもしっかりしているからな」

「このクエストが終わったら、メアちゃんを誘って二人っきりで遊んできてください。モアちゃんとマアロは私が見ていますから」

「そうだな、また王都を出て旅をはじめたら、二人だけで出かける機会は少なくなるかもしれないしな」

「精一杯、メアちゃんを楽しませてあげてくださいね」

こうして、良一とココは話しながら、キャリー達と交代するまで過ごした。

二人が夜警している間、数匹の魔物が接近してきたが、キャリー達を起こすまでもなく、遠距離からの精霊魔法で瞬殺だった。

「良一君、ココちゃん、朝よ」

「おはようございます。キャリーさん、ミレイアさん」

翌朝、キャリーの声で目を覚ますと、辺りに良い匂いが漂っていた。

「なんですか、この匂い？」

「ミレイアが入れた紅茶の匂いね。彼女、料理は苦手なんだけど、紅茶を淹れるのだけは私よりも上手なのよ」

「料理が苦手って前置きは必要ないでしょ、キャリー。でも昨日の晩や今朝の食事は任せているからね、せめて紅茶ぐらいは淹れさせて」

「おはようございます。とてもいい匂いですね」

ココも、身だしなみを整えて朝食の席に着いた。

「おはようココちゃん。さあ、椅子に座って私の淹れた紅茶を味わってみて」

「ありがとうございます」

一行はミレイアの淹れた紅茶と、キャリーが作った朝食で英気を養い、キャンプ道具を回収した後、昨日と同じように隊列を組んで走りはじめた。

ほどなくして、目的地の森が見えたところで、一旦小休止を取る。

「あの森の中心近くが目的地よ。オスのマウントボアが巣の周囲を徘徊しながら警戒して、メスが巣にこもっているのよね」

ミレイアが指し示す先を窺いながら、良一が質問を投げかける。

「確か、ソルナの花は巣に咲くんですよね？　マウントボアを倒して行くんですか？」

「安心しなさい。オスは避けるし、メスには〝これ〟の匂いを嗅がせるの」

ミレイアは懐から取り出した小さな木の実を、良一とココに見えるように手のひらに載せた。

「〝ルナソ〟っていう木になる実を潰した時に出る匂いをマウントボアのメスが嗅ぐと、酔っぱらった感じになって、眠っちゃうのよ」

「その隙に花を手早く摘んじゃうんですね」

「ただね……この匂いをマウントボアのオスが嗅ぐと、興奮して暴れ回っちゃうのよね。以前、ある低級冒険者がこのルナソの実を使ってマウントボアを殺そうとしたんだけど、オスも嗅いじゃって、結局そのパーティの大半が死亡して、生きて帰ってきた者も重傷だったそうよ」

「大惨事じゃないですか」

「そんなことがあったから、ルナソの実を購入するにもランク制限が設けられたの」

「じゃあ、風の精霊魔法で匂いを閉じ込めておけばいいんですね」

「お願いできるかしら？」

「任せてください」

打ち合わせを終えた良一達は、周りの音に注意を払いながら、森の中を慎重に進んでいく。

森の所々には、マウントボアの足跡らしきものが残っており、その予想以上の大きさに、良一は密かに緊張を覚えた。

少しすると、先頭を歩くミレイアがハンドシグナルで〝止まれ〟と合図を出した。

彼女が指差した右前方に目を凝らすと、木々が揺れているのがわかる。

間もなく、ブフー、ブフーと大きな鼻息や足音が聞こえはじめて、遂にその巨体が現れた。

人の手が入っていない森の木々をかき分けて、十メートルを超えるほどの巨大イノシシが、体を木にこすりつけながら歩いている。

巨体の割に体が細いが、良一がキャリーから聞いて頭でイメージしていた姿よりも二回り以上大きかった。

ミレイアは良一達にその場に残るように合図して、一人で足音を忍ばせて離れていく。

しばらく経つと、遠くでパンと破裂音が響いた。それを聞いて警戒したのか、マウントボアのオスはゆっくりと方向転換し、音のした方へと歩いていった。

陽動から戻ってきたミレイアと合流し、一行は再び森の中心へと歩きはじめる。

数十分以上かけてオスの警戒網を潜り抜け、いよいよ巣があるとされるエリアに到達した。

「遂に巣に着いたわ」

立ち止まったミレイアが前方を指差して小声で言うが、良一にはただ密集(みっしゅう)した木々の先に崖(がけ)があるようにしか見えなかった。しかし、ゴウゴウと風が吹くような音とともに見える岩肌が動いており、それがマウントボアの体だとわかった。

マウントボアのメスはオスよりもさらに大きく、十五メートルはありそうだ。

オスと違って、メスはまるまると太っており、横幅(よこはば)も相当なものがある。まだ子供は産まれていないらしく、周囲にはこのメス一匹だけしかいない。

「さてと、オスは警戒範囲の外側に誘い出したから、二時間くらいは巣に近寄らないはずよ。手早くやってしまいましょう。キャリー、良一君、準備はいい？」

良一とキャリーは巣の周囲で匂いが漏れるのを防ぐ役割、ミレイアとココが花の採取を担当する。

「じゃあ潰すわよ」

ミレイアが実を潰すと、強烈に甘ったるい匂いが充満しはじめた。

良一はリリィに頼んでマウントボアのメスをすっぽりと覆い尽くす風のドームを形成する。同時に、キャリーは風魔法で匂いをメスの鼻先まで効率的に送り込む。

「こっちは準備完了です」

「ええ、早速酔っぱらって体が揺れはじめたわ」

キャリーの指摘通りに、先ほどまで呼吸にあわせて小刻みに揺れている程度だった体の動きが、グラグラと大きく揺れはじめた。

巨体が倒れたところに巻き込まれると危ないので、充分に距離を取ってしばらく待つ。

「じゃあ、ココちゃん、そろそろ行きましょう」

マウントボアの体の揺れが収まったところを見計らって、ミレイアはココを引き連れて巣に向かった。

「じゃあ良一君、私は周囲の警戒をするから、風のドームの維持をお願いね」

「任せてください」

採取をはじめて一時間もしないうちに、ミレイアとココが笑顔で戻ってきた。

「ココちゃんのおかげで、いつも以上にたくさん花を採取できたわ」

「良かったわね」

良一はミレイアの指示に従い、風のドームの天井部分だけを解除して上昇気流を作り、中の匂いを上空へと押しやる。

「たまに匂いが風に乗って戻されることもあるから、即時退散よ」

マウントボアのオスはテリトリーにしている森の外までは出てこない習性があるため、

良一達は急いで森を出るべく再び隊列を組み、音を立てるのは構わずに走る。

「あら、嫌な予想が当たってしまったわね」

キャリーが指摘するまでもなく、後ろからドドドドと地響きのような足音が聞こえる。

しかも、運悪く複数体のオスに見つかってしまったらしい。

「森の出口までもう少しだから、走るわよ」

しかし、オスの勢いを考えると、森を抜けられるかどうかは五分五分。

そんな時、良一の胸元からプラムが飛び出してきた。

『リリィにばかり良い格好をさせてはいられないわ』

「よし、やってみるか。ミレイアさん、キャリーさん、俺がプラムの魔法で足止めしてみます。ココもそれでいいか？」

三人とも、このまま逃げても無事に森の外に出られる可能性は低いと判断し、良一の提案を承諾（しょうだく）した。

「行くぞ、プラム！」

『任せて』

張り切るプラムが良一の魔力を凄い勢いで消費していく。

『ダイナミックウェーブ』

プラムが呪文名を発すると、いよいよ視界に入ってきたマウントボアのオス三体に向かって大津波が発生した。

突然前方に水の壁が現れて驚いたのか、マウントボアは少しだけ足を止めたが、すぐに突進を再開した。

『まだまだやるわ！』

大津波は水煙を立てながら勢いを増し、遂にマウントボアと接触した。

三体のマウントボアは波に足をすくわれて体勢を崩し、互いの体をぶつけ合いながらもみくちゃにされる。

大量の水を浴びて意気消沈したのか、津波が静まり、魔法による水が消滅した後も、三体は横たわったまま起き上がられずにいた。

「三体まとめて無力化するとは、とてつもないわね……」

「さあ、ミレイアもボケッとしてないで。皆、今のうちよ。さっさと逃げましょう！」

キャリーの号令で、全員その場を後にした。

『リリィ、見たかしら、私の実力？』

『良一の魔力の半分以上を使用したんだから、当たり前でしょ。私も本気を出せばあんなの簡単よ』

走る良一の周囲を飛び回って勝ち誇るプラムに、リリィが食ってかかる。

『それは凄い、是非見てみたいものね。私が頑張るからそんな機会は当分ないでしょうけど』

『なんですって！』

「おいおい、まだ森を出ていないんだ。喧嘩をやめて静かにしてくれ」

『『はーい』』

注意されたリリィとプラムはスッと良一の体を通って精霊界に戻った。

そうして走り続けること十分。一行は森を抜けて安全な場所に出た。

「相変わらず、良一君は常識はずれなことをするからビックリするわ」

しみじみ語るキャリーに、ミレイアがうんうんと頷いて同意する。

「今度からは事前にできることを教えてほしいわね」

「いや、プラムに言われるまま任せただけで、俺もあんなことになるとは思いませんでした」

多少のハプニングはあったものの、ミレイアとの合同クエストの目標は無事に達成することができた。

王都への道中も襲ってくるモンスターはいたが、大した手間もなく撃退(げきたい)し、一行は予定通りに出発してから三日目の夕方に王都にたどり着いた。

「ただいま、メア、モア、無事に戻ってきたぞ」

「クエストお疲れ様でした。予定通りですね」

「お帰りなさい！」

再会を喜ぶメアとモアに続いて、マアロとみっちゃんも良一達を労う。

「お帰り」

「お待ちしていました。夕食を用意しておりますので、ゆっくりとおくつろぎください」

夜はミレイアも一緒にみっちゃんの料理を食べながら、腕時計型デバイスで撮影したマウントボアの写真を見せたりして大いに盛り上がった。

食事を終えてまったりしていると、ココがコホンと咳払いをしたので、良一はメアに〝お出かけ〟の件を切り出す。

「メア、明日は何か予定はあるか？」

「特にないですけど」

「そうか……。メアはこのところずっと試験勉強で忙しくしていて、あまり王都を見回っていなかっただろう？　試験の後に回った所以外にも、王都には良いところが一杯あるんだ。それで、明日なんだが……二人で王都をもう一度見回ってみないか？」

「良一兄さんと二人でですか⁉」

「あっ、無理にとは言わないけど」

メアは顔を横にブンブンと振って、喜びを露わにする。

「いえ、とても嬉しいです。明日はどんな服を着ていこう」

二人が話している間、ココは気を利かせてモアとマアロに話しかけて、注意を逸らしてくれる。

「じゃあ、明日は朝食を食べたら出かけよう。俺なりに王都を案内させてもらうよ」

「はい！　明日が楽しみです」

ニコニコ顔のメアは早くも明日の準備をするらしく、急いで自分の部屋へと戻っていった。

「メアちゃん、本当に嬉しそうだったわね」

新聞を読みながら見守っていたキャリーも満足げだ。

「あんなに喜ぶとは、驚きました」

「明日はちゃんと、メアちゃんを一人のレディとして楽しませてあげなさい。モアちゃん達は、私とココちゃんに任せて」

「ありがとうございます。明日はお願いします」

旅の疲れを残さないように、その日は良一も早めに就寝したのだった。

そして翌朝、良一が宿の食堂でコーヒーを飲んでいると、先に食べ終わっていたメアが、キャリーに作ってもらったというお気に入りの服を着て現れた。

「もう準備ができたのか、メア」

「はい、お待たせしましたか？」

「いや、ちょうど食後のコーヒーを飲み終えたところだし、早速出かけよう」

「はい！」

良一も日頃の革ベスト姿ではなく、事前にココとキャリーのチェックを受けて普段よりもおしゃれな服装をしていた。

「あの、手をつないでも良いですか？」

宿を出るとすぐに、メアが少し照れくさそうに言った。

いつもならモアとマアロが真っ先に手をつないでくるので、メアと手をつないで歩く機会は少ないと、良一は今さらながらに反省した。

「もちろん。じゃあまずは王都の北側の方から行こうか」

キャリーのアドバイスも取り入れて、王都北の少し高級な商品が並ぶ商店街や、ガラス系の美術品を作る工房見学、それから王都の大きな書店といったコースで回っていく。

商店街では、模擬試験一位のご褒美として、メアが気に入ったブローチを買い、ガラス工房では小さな色つきのガラスコップを普段のお手伝いのお礼として買った。

本屋では、メアが気になった物語の本を買う。これは、今日のデートの記念だ。

はじめは高額な贈り物を固辞していたメアも、二人きりという環境からか普段よりもあっさり受け入れて、その後の買い物は気兼ねなく楽しんだようだった。

故郷のメラサル島の味付けに近いお店で昼食をとり、午後からは王都の観光名所を歩いて見て回った。

午前中に買った物はアイテムボックスに入れておいたので、二人とも身軽に動ける。

「メア、少し歩き疲れただろう、あそこの喫茶店にでも入ろうか」

「そうですね」

はりきってあちこち回っているうちに、気づけば日が傾きはじめていた。

頼んだ紅茶を待っている間も、メアは胸に付けたブローチを見ては嬉しそうな笑みを浮かべている。

「どうだ、今日は楽しんでもらえているかな？」

「もちろんです。今日は良一兄さんを独り占めできたばかりか、こんなに一杯プレゼントも貰えて……人生で二番目に嬉しい日です」

「あれ、一番目じゃないのか？」

「一番は、良一兄さんに初めて会った日。私とモアをあっという間に助けてくれた、あの日です」

「そうか、なら仕方ないな」

「はい、そうです」

石工ギルドの前で涙を流しながら助力を乞うていたメアが、こうして幸せそうに笑っているのは、良一にとっても感慨深かった。

夕飯にはモアやマアロとも一緒に〝とある料理〟を食べたいというメアの要望があったので、良一は考えた末に宿に戻った。

宿では良一達が二人きりで出かけていたことを知ったマアロがジトッと見てきたが、満面の笑みを浮かべるメアを見て、文句は呑み込んで顔を綻ばせた。

「お帰りなさい、良一兄ちゃん、メア姉ちゃん」

「ただいま、モア。今日は俺が料理を作るから、待っていてくれ」

「はーい」

モアの方は端から全然気にしていないらしく、メアに走り寄って今日の話をせがんでいる。

「メアちゃん、すごく楽しかったみたいですね」

上手くいったとわかり、ココは安堵の表情で良一を労った。

「ああ、楽しんでくれたと思うよ」

「遠慮せず、夜ご飯も外で食べてくれれば良かったんじゃないですか？」

「メアのリクエストでね、皆で食べたいんだってさ」

「そうなんですか。まあ、家族団らんで食べるご飯は、何より美味しいですよね」

良一は早速台所で料理をはじめた。

メアが希望した料理は、肉うどん。初めてメアとモアに会った日の夜に、二人の家で作ったメニューだった。

良一は本当に肉うどんで良いのかと何度も聞いたが、メア曰く、初めて食べたあの日から彼女にとっては一番のご馳走になったのだそうだ。

そんな思い入れがあるなら、これからはもっと肉うどんを作らねばと思った良一だった。

しかし料理すると言っても、肉うどんの場合は地球から持ってきた冷凍うどんを茹でる他は、ほぼ出汁作りくらいしかすることがないので、手間はかからない。

良一は手際よく人数分の肉うどんを作り上げていく。

「ああ、この匂い、肉うどんだ。やったー」

リビングからモアの喜ぶ声が聞こえてくる。どうやら彼女も肉うどんが好きみたいだ。

良一がテーブルの上に置いた肉うどんは、あの日の夜と同じようにあっという間に空になり、汁まで全て飲み干されていた。

二章　神殿巡り

良一達が王都での生活に区切りをつける日が近づいていた。

今日はマナカ達の家に集まり、お別れの会が開かれている。

「皆様のおかげで王都での生活の目処も立ち、二人の娘も無事に王国立学園に入学することができました。それに、今まで男性との浮いた話がなかった娘にも、良一さんという春が来て――」

「母上、やめてください！」

乾杯前に挨拶するマナカに、ココの鋭いツッコミが入った。

「ちょっとしたジョークじゃない、ココ。それでも、ココノツ諸島から出たことがなかった私達母娘がこうして不自由なく過ごせるのは、皆様のおかげです。本当に感謝しています。ささやかですが、大恩のある皆様の王都からの出立を祝わせてください。では、乾杯」

「「「乾杯」」」

良一達は明日にも王都を出立して、剣神の神殿を目指す予定である。

「ミミちゃんとメメちゃんは、学園での生活はどうだい？」

「とても楽しいです。そして、不束な姉をこれからもお願いします」

「ミミ、メメ、あなた達まで！」

ココにしかられた二人はそそくさと席を立ち、メアの所に移動した。

「メアちゃん、あっちでお話ししよう」

「あっ、ミミさん、メメさん⁉」

二人に片手ずつ掴まれたメアが三人で離れていく。

やれやれとため息をつきながら、ココが良一の隣に座った。

「遂に明日、剣神様の神殿に行くわけですけれど」

「そうだね。メンバーは俺にココ、メアとモアとマアロとキャリーさんにみっちゃんの七人。竜車に乗れば一日、馬車でも二日ほどで神殿に着く距離みたいだし、麓までならそれほど心配ないかな」

「そうですね。霊峰ホウライ山はカレスライア王国の北にそびえる天然の要害、中央の帝国との国境にもなっています」

「ココも剣神の加護を受けられれば、剣士としてさらなる高みを目指すことができるのか」

「そうですね、私の今の実力を剣聖様に見てもらいたいんです」

ココの話によると、剣神は良一が今までに会ってきた神様達とは少し加護の与え方が違うらしい。

三主神のうち生と死の神であるアビシタスの系統の中級神として、剣を司る神――カズチがいるそうだが、ココ達が言う〝剣聖〟というのは、その代弁者を示すようだ。

「つまり、神官みたいなものなんだろう?」

「そうです。ただ、神官は神の加護を得た人がなれるものですけど、剣神の加護を得て修業をして、剣聖になると、逆に加護がなくなって、授ける側になるんです」

「神の加護がなくなる?」

「はい。カズチ様の加護を得られた人達は、一生懸命自分の剣の腕を磨きます。そして当代随一の剣の使い手になった際、その加護を失う代わりに、剣聖の称号が手に入るんです」

「な、なるほど」

「剣聖の称号は、剣士の誉れ。ココノツ諸島にも、かつては剣聖の称号を手にした人がいました。それが私のガベルディアス家の初代様なんです」

「そうなんだ」

「だから我が狗蓮流の流派からもう一度剣聖の称号を持つ者を出すのが、私の夢なのです」

良一はココの熱弁に若干押され気味になったものの、これから目指す剣神の神殿に俄然(がぜん)興味が出てきたのだった。

翌朝、王都の北門の前にはマナカやミミとメメ、スギタニらが良一達の見送りに集まっていた。他にも、グスタール将軍の名代(みょうだい)として、騎士のユリウスや以前メア達の面倒を見たフェイの姿もある。

「なかなか一緒に遊べませんでしたが、また王都に来たら寄ってくださいね」

「フェイ姉ちゃん、ありがとう」

出発の時間が早いこともあり、モアが寝ぼけ眼(まなこ)で両手を差し出す。

フェイはクスクスと笑いながらモアの髪を撫でると、続けてメアに声をかけた。

「メアさん、王国立学園の試験で優秀な成績を収めたと聞きましたよ。実は、私はあそこの卒業生なんです。学園での思い出は、どれも大切なもので、今でも色褪(いろあ)せません。メアさんにも是非入学していただきたいです」

「機会があれば、頑張ります」

そうしてメア達が喋(しゃべ)っている隣では、ユリウスがグスタール将軍の言葉を良一に伝えている。

「将軍から、また大きな成果を上げることを期待すると仰せつかっています。そして、いずれは門外士官として王国軍に寄与してほしいとも」

「門外士官とは、なんですか？」

「王国軍はその名の通り、王が管理する軍隊です。表向き、王国貴族は王国軍に影響を与えることはできませんが、門外士官という役職は王国貴族が王国軍に影響を及ぼすことが可能な唯一の役職なのです。条件はとても厳しいですが、私も石川士爵ならば門外士官になれると思いますよ。では、お気をつけて」

　そう言って、ユリウスは爽やかな笑みを浮かべながら一礼した。

「それじゃあ、出発します」

　見送る人達に手を振りながら、良一達を乗せた竜車は、まだ人影もまばらな早朝の王都の門を出ていった。


　多くの旅人や冒険者によって踏み固められた道を、二台の竜車がガタガタと音を立てて走り続ける。

　良一が乗る一台目の竜車には、モアとマアロ、みっちゃんが同乗している。

　早起きしたせいで眠いのか、モアは良一の膝を枕にして竜車の中で寝ていた。

　モアのみならず、マアロまでもたれかかって眠っているので、良一は身動きが一切とれない状態だ。

そんな良一を気遣って、向かいの席に座っているみっちゃんが冷たいお茶を用意した。

「良一さん、お飲み物はいかがですか？」

「貰おうかな」

唯一自由の利く左手で陶器のコップを受け取り、良一は車窓を流れる景色を楽しみながら、喉を潤した。

こぼさないように気をつけながら飲んでいると、御者を務める中年男性が声をかけてきた。

「士爵様、最初の宿営地まであと数刻ですが、このあたりで一度休憩しますか？」

「いえ、子供達を起こすのも忍びないので、このまま目的の宿営地に向かってください」

「かしこまりました」

今回、剣神の神殿に行くまでの竜車は、ホーレンス公爵に紹介された竜車屋を利用している。

少しお金は掛かるが、御者のスキルが高く質の良い竜車を使用しているので、公爵のように王都以外に領地を持つ貴族がよく利用するらしい。

先日キリカの精霊契約を結ぶ際に乗った竜車もこの店のものだった。

「剣神様の神殿には王国中の剣士が集まって、剣の腕を磨いているらしいな」

「ココさんのお話では、そのようですね」

「みっちゃんも、剣士の動きをトレースしたらさらに強くなっちゃうな」

「精進します」

窓から差し込む柔らかな陽射しを浴びながら、竜車は霊峰ホウライ山へと続く道を駆け抜けていく。

道中一泊し、王都を発って二日目の昼前には目的地である霊峰ホウライ山の麓へとたどり着いた。

樹齢数百年はありそうな巨木の森を貫いて綺麗に整地された道を進んでいると、突然開けた場所に出た。

「士爵様、まもなく宿場です」

「良一兄ちゃん！　良一兄ちゃん！　あそこに大っきな人がいる！」

「モア、少し落ち着きなよ」

大袈裟に興奮するモアを宥めながら外を見ると、目の前で巨人族の剣士が剣を交えていた。

大きな木ばかりで変化に乏しい景色に飽きていたモアは、興味をかき立てられたらしい。

「良一、こっちは多腕族と小人族の試合」

反対側の窓から景色を見ていたマアロも声をかけてくる。

「さすが、国中の剣士が集う場所と言うべきなのかな」

多種族の剣士達が腕前を磨くべく、区画された場所で剣と剣をぶつけ合っている。

良一は、剣神の神殿という名前から、山の麓に礼拝施設があるだけなのかと思っていたが、実際には参拝客用の宿や飲食店などが建ち並び、ちょっとした町になっていた。

「なんだかイーアス村と似た匂いがするな」

王都や公都では石造りの建物が多かったが、森に囲まれていて良質な木材が調達しやすいこの辺りの建物は、ほとんどが木造建築だった。

良一は、周囲に漂う木の香りから、異世界に来て最初に訪れたメラサル島のイーアス村を思い出した。もっとも、建物の外観は和風建築に近いココノツ諸島の様式に似ているので、雰囲気はかなり異なる。

「士爵様、宿はもうお決まりですか？」

御者が器用に手綱を捌きながら良一に尋ねた。

「何も決めていないので、オススメはありますか？」

「では、神殿に近くて歴史のある宿の前でお停めしましょう」

二台の竜車は三階建ての立派な旅館の前で停車し、良一達を降ろすと王都へと帰っていった。

「さてと、オススメの宿の前に降ろしてくれたんだから、ここに宿泊できるか確認を取ろう」

早速、旅館の従業員であろう男性が良一達に声をかけてきた。

「ようこそ、木灯荘へ。ご予約はいただいておりますでしょうか？」

「いや、予約はしていないんですけれど、二部屋空いてますか？」

「左様でございますか。部屋には余裕がございますので、どうぞお入りください」

外観同様、内装も和風で、落ち着いた雰囲気の装飾だ。

入り口付近で少し待つと、着物のような服を着た従業員が良一達を部屋へと案内した。

良一達が泊まる部屋は畳敷きで、七人が充分に足を伸ばせるほどに広く、茶室風の小部屋と二部屋続きになっている。

良一は靴を脱いで畳に上がり込み、座椅子に体重を預ける。

「長時間竜車に揺られて、少し疲れたな」

「モアは元気だよ！」

テンションが上がっているモアが膝の上で体を伸ばしながらゴロゴロするのをそのままに、良一は午後からの予定について話をはじめる。

「少し休憩したら剣神の神殿に行ってみようか。ココもそれでいいかな？」

「私はもちろん賛成ですけど、メアちゃんは疲れていない？」

「大丈夫です、ココ姉さん」

「モアも行く！」

「キャリーさんは大丈夫ですか？」

「そんなヤワな体じゃないわ」

みっちゃんとマアロも賛成したので、一行は早速神殿に向かうことにした。

王都ほどではないが、神殿まで続く参道は多くの人で賑わっている。

「モア、手を放すなよ」

「わかった」

町並み同様、剣神の神殿も西洋風な石造りではなく、和風な木造の神殿で、多少構造は違うが神社のような造りだった。

先にお布施を払い、良一達は参拝者の列に並ぶ。

拝殿に行くまでにもたくさんの部屋があり、瞑想を行なっている集団もいる。

参拝客には厳つい冒険者や騎士風の者が目立ち、いかにも一般市民といった女子供の姿は少ない。

人数はさほど多くないが、列の進みは遅かった。

「なんだかこのメンバーだと、周りから浮いているな」

「ふふふ。そうね、ここには可愛い女の子はあまりいないからね」

しばらく列に並んで待っていると、ようやく良一達の番になった。

巫女装束を身に纏う女性神官の後について、奥に祭壇がある広間へと入った。

広間に足を踏み入れた瞬間、周囲の喧騒が一切聞こえなくなり、澄んだ空気が張りつめているのを感じた。

「ようこそ、私の社へ。この神殿には珍しい、可愛らしい参拝客ですね」

広間の中心に座っていた、白くて薄い着物のような服を着た女性が、透き通る声で良一達に話しかけた。黒髪に切れ長の目をした、落ち着いた雰囲気の美人である。

ココとキャリーとマアロが、女性の前まで進んで膝をつく。

他の四人もそれに倣って頭を垂れた。

「そう畏まらず、頭を上げなさい。可愛いらしい女の子以外の者も、実に興味深いです」

良一は言われたとおりに頭を上げて女性を再確認する。

神官のマアロや、以前この剣神の神殿に来たことがあると言っていたキャリーが頭を下げたところを見ると、この美女が剣聖の称号持ちらしい。

「私が当代の剣聖の一人であるミカナタです」

目の前の人物は本物の神様ではないが、どこか神の気配を感じさせる。主神ゼヴォスの第一使徒である神白ことミカエリアスが発していた雰囲気に近い。

「お初にお目にかかります、剣聖様」

ミカナタの言葉に、マアロがいつもとは違う真面目な態度で応える。

マアロは神様や神官の前だとしっかりした言葉遣いで神官らしい所作を見せるが、普段も今の四分の一でもいいから頑張ってほしい――密かにそう考える良一であった。

「水の属性神ウンディーレ様の神官ですか、良き波動を感じます。精進しなさい」

「お声をかけていただき、ありがとうございます」

「そちらは、以前にも我が社で研鑽を積んでいましたね」

「剣聖様に覚えていただけているとは、光栄です」

キャリーも一切緊張した様子を見せずに一礼する。

「以前よりも強くなっていますね、ここでもう一度己を見直すのも良い鍛錬になるでしょう」

「一層精進いたします」

二人に声をかけ終えた剣聖ミカナタは、続けてココや良一達に順番に目を向けていく。

「大精霊にも海の大母神にも愛されし姉妹、永き時を隔て再び目を覚ました人形、異なる世界より参られた男――それに、剣の頂を目指す者特有の波動を感じる獣人の娘、ですか」

ミカナタは、何も聞いていないのに次々に良一やみっちゃんやメアとモアのことを的確に指摘していく。そして最後に、鋭い眼差しをココに向けると、側に仕える女性神官に手で合図した。

「ここに来たということは、剣神カズチ様の加護を授かりに来たのであろう。ならば、私に力を示しなさい」

剣聖の称号を持つ者は、自分が認めた相手に好きに剣神の加護を与えることができる。

そこが他の神に仕える神官の祝福と違うところだ。

剣聖は女性神官から二振りの木刀を受け取り、そのうち一振りをココへと差し出した。

「胸をお借りします」

ココは素直に木刀を手に取った。

あっという間に広間は剣聖とココの一騎打ちの場になった。

全員が剣聖とココの邪魔にならないように端に寄り、スペースを作る。

「いつでも来なさい」

中央で対峙する二人が木刀の先を互いに向けて一呼吸の後。

ココが剣聖へと木刀を振るった。

「良い太刀筋です。ひたむきに剣を振るってきたのがわかります」

ミカナタは涼しい顔で喋りながら、ココが真剣に打ち込む木刀に軽く当てて軌道を逸ら
していく。

ココも徐々にスピードを上げて良一では防ぐこともできないほどの連撃を繰り出すが、
その切っ先は剣聖に掠りもしない。

「狗蓮流奥義、月蓮閃華」

生半可な技は通用しないと覚悟を決めたココは、しばしの集中の後、メラサル島でドラゴンに対して使った奥義を放つ。

木刀といえども、触れれば鉄をも切り裂きかねない無数の斬撃が襲いかかる。

しかし、剣聖はその場からほとんど動かずにその連撃を捌ききり、軽やかに身を翻すと、ココにカウンターの一撃を浴びせて弾き飛ばした。

「参りました」

床から立ち上がり、ココがそう告げた。

「精進しなさい」

互いに向き合い、木刀を収めて一礼する。

「ありがとうございました」

ココは少し息が上がっているが、剣聖の方は息一つ乱れていない。

「才能ある剣でした。これからも精進すれば、より一層剣の頂に近づくでしょう」

元の場所に座り直し、ココのどこが甘かったのか一通りの批評をした後、剣聖がポンと手を叩いて注目を促した。

「では、ガベルディアス殿に剣神カズチ様の加護を授けましょう」

剣聖があまりにも簡単にそう言ったので、女性神官を含めて良一達は言葉を失った。

ココだけは奥義を完全に防がれて内心悔しかったのか、思わず大きな声で異論を唱える。

「でも――私は軽くいなされて奥義も完全に防がれたのですよ⁉」

それを不敬と捉えたのか神官が厳しい視線を向けるが、剣聖は意に介さない。

「私は剣聖の称号を持つ者ですよ。一太刀でも浴びせようなど、それこそ自惚れというもの」

その言葉とともに放たれた圧倒的な力の波動と、突き刺さるような綺麗な声に神の風格を感じ、ココも神官も揃って頭を垂れた。

「私は剣の頂に立つ存在として、多くの者が歩む剣の道をより良い方向へ導くことを存在意義としています。故に、私は剣の道を良き方向へ進むことができると思われる者に加護を与えます。あなたの剣は加護を与えるに相応しい」

剣聖が手のひらをココへと向けると、ココの体が光に包まれた。

「ありがとうございます。授けていただいた加護に恥じぬように、一層の精進をします」

こうしてココは剣神の加護を手に入れた。


剣聖のいる広間を後にして神殿の外に出ると、西洋風の神官の格好をした男性が立っていた。

良一をこの世界に招待した神の使い、神白だ。

「加護を得たようですね、おめでとうございます」

「お久しぶりです、神白さん」

「皆さん、お元気そうで何よりです」

「神白さんもお変わりないようで。今日はどうしたんですか？」

「主神ゼヴォスからのお言葉を伝えに参りました。心して聞いてください」

神白の言葉に、全員が背筋を伸ばす。

「石川君、頼もしい仲間達とともに幾多の困難を乗り越え、君の旅が幸多きものになっていることを嬉しく思う。君には改めて、私からの課題を達成して、神器を扱えるようになってもらいたい――以上が、主神のお言葉です」

神白が伝えた主神からの言葉に、全員が唖然とした。

当の良一は、この世界に転移した際に主神から出された課題をすっかり忘れていたことに思い至り、心中で頭を抱えた。

三主神の一柱であるゼヴォスを祀る全世界の神殿に参拝するという課題である。

いくら毎日の生活が楽しくて充実していたとはいえ、神様から出された課題に見向きもしないとは、さすがに不誠実だったと反省した。

「もし石川さんが主神の神殿に参拝なさるのでしたら、ランデルの街にあるものが近いですね」

「早速向かいます」

皆、神白と良一のやり取りに疑問符を浮かべていたが、口は挟まなかった。

「主神もさぞお喜びになるでしょう」

そう満足げに微笑んで、神白は帰っていった。

混乱するマアロ達を連れて宿に戻り、良一は改めて彼がこの世界に来る際に主神ゼヴォスから出されていた課題について――異世界転移のことは少々ボカして――全員に説明した。

「実は、主神ゼヴォス様から課題を与えられて、ゼヴォス様を祀った世界中の神殿を回って参拝するように言われていたんだ」

「神の試練を忘れるなど、言語道断！」

良一の説明を聞いたマアロは、すかさずローキックでお仕置きする。神官の立場からするとありえない所業なので、彼女が怒るのももっともだ。

良一としても多少の後ろめたさがあって反論できないため、早速神白に教えられた街の位置を確認する。

「さてと、ランデルの街はどこかな」

神に授かったゴッドギフトの万能地図を広げて、ランデルの街を探すと――王都の西側に位置していた。

ここからランデルを目指すとなると、一度王都に戻るルートと、ホウライ山に沿って西側に進み、そこから南下するルートが考えられる。

早く着く方でというマアロの意見により、ホウライ山に沿うルートを進むことにした。

「さて……なんかもう神殿巡りをする流れになっているけど、ココはどうする？　本当だったら剣聖様のいるこの地で少し武者修業をするつもりじゃなかったのか？」

「そうですね、ミカナタ様から私の欠点を指摘していただけましたし、一番の目的は達成しました。剣の鍛錬は旅を通してどこでもできるので、同行させてもらいます」

「ありがとう。じゃあ、竜車があれば明日にでも出発しよう」

良一とキャリーは竜車の手配を、ココは出発までの間、剣に対する理解を深めるために、この地にいる剣士に立ち合いを申し込みに行くことになった。

メアとモアとマアロはみっちゃんと一緒に宿屋で留守番だ。

良一とキャリーが道を歩いていると、様々な種族の人達がこちらを見てくるのがわかった。

しかし、その視線は主にキャリーに向けられている。

「なんか、見られていますね」

「私はAランクの冒険者だからね。私が向こうを知らなくても、向こうは私を知っている。武を極めたい人が多い場所である以上、仕方がないわね」

そんな話をしながら歩いていると、突然、魔物の毛皮で作った服を着た山賊のような男が行く手を塞いだ。

「Aランク冒険者のオレオンバーク殿とお見受けする。一手お相手願いたい」

粗野な風貌と裏腹に改まった物言いをする男に、キャリーは立ち止まって丁寧な対応をした。

「ごめんなさい、ここに来たのは彼の付き添いだから、お相手はお断りさせていただくわ」

「そうか、失礼した。だが、いずれお相手を願いたい」

山賊風の男は案外あっさりと受け入れて、去っていった。

「凄い見た目の人でしたね」

「Bランク冒険者のボロール。Aランクに近い冒険者として有名よ」

「けど、声をかけてきたわりに、あっさり引き下がりましたね」

「そもそも、彼も本気で立ち合いを望んでいたわけじゃないと思うわ。私に声をかけようとしている周囲の連中の機先を制してくれたのよ。ボロールが断られたとあっては、誰も挑んでこなくなるでしょう?」

「そういうものなんですか」

「そういうものよ」

キャリーの言葉通り、それ以降は遠巻きに見ているだけで誰も立ち合いの申し込みをしてこなかった。

竜車屋ではタイミング良く空きがあったため、御者つきで竜車を手配できた。

本来ならゼヴォスの課題は一刻を争うようなものではないが、マアロのプレッシャーが凄いので、良一は慌ただしく旅立ちの準備を進めるのだった。

「ココ、剣神の加護の後ろに括弧して短剣と書いてあるんだけど、これって?」

ランデルの街を目指す道中、ココのステータスを『鑑定』で見せてもらった良一が疑問を口にした。

「あの方は短剣で登りつめた剣聖様ですから」

二台に分乗した往路と違って、今回は大型の竜車に全員が肩を寄せあって乗っている。

何せ、急な予約だったため、二台確保できなかったのはやむを得ない。

「現在確認されている剣聖様は、短剣術、刀術、大剣術、双剣術の四人。それぞれの剣聖の称号を持つ方がご健在です」

ココは車中の話のネタに熱心に説明するが……急に複雑な表情で黙り込んだ。

不思議に思ったモアがココの顔を覗き込む。

「ココ姉ちゃん、どうしたの？」

「う……短剣術の剣聖であるミカナタ様に、短剣を使うまでもなくあしらわれたのを思い出しちゃって……」

「ココ姉ちゃん、泣かないで〜」

モアは瞳に悔し涙を浮かべるココの頭を撫でて、懸命に慰める。

「ありがとうモアちゃん。剣聖様にも言われたけど、最近は完敗することなんてなかったから、知らず知らずのうちに自惚れていたのかもしれないわね」

涙を拭ったココの顔に笑みが戻ったので、モアも安心して笑顔を見せた。

「より一層剣の鍛錬を積んで、次こそはせめて短剣を使わせてみせます」

決意を言葉に込め、ココは新たな目標を立てた。

王都から剣神の神殿に向かう道と違い、若干のデコボコ道を進み、竜車は夕方頃に今日の宿営地であるヨウス村にたどり着いた。

ヨウス村は山沿いのなんの変哲もない小集落で、人口も少ない。

村唯一の宿屋は小さく、二人部屋が二部屋のみ。四人しか宿泊できないので、女性陣が泊まることにした。ちなみに、みっちゃんは眠る必要がないので、メアとモアの部屋で一晩を明かす。

良一とキャリーは宿屋の馬屋にテントでも張ろうと準備をしていたが、良一の噂を聞きつけた村長が、貴族を野宿させるわけにはいかないと、二人を自分の家に招待した。

「このようなあばら屋に士爵様をお泊めするのは恥ずかしい限りですが、なにとぞご容赦を」

「こちらこそ、突然おしかけてすみません。お招きいただき、ありがとうございます」

「ところで、士爵様はどちらに行かれるので？」

「ランデルの街に用事がありまして」

「ランデルですか。確か……もうじき仮面祭でしたな」

「はあ……それは楽しみです」

仮面祭という言葉は聞いたことがなかったものの、神の課題が目的などと言うと大事になりそうだったので、笑顔で軽く流した。

「それはそれは。さ、お疲れでしょうから、すぐに夕食にしましょう」

その日の夜は地の食材を使った郷土料理が食卓に並んだ。

村長夫人は貴族の口に合わないのではないかと恐縮するが、たいして貴族らしい生活を送っていない良一にとっては寝床と食事を提供してくれるという心遣いだけでもありがたいものだった。

翌朝、村長に見送られながら竜車に乗り込み、良一達はランデルの街を目指して出発した。

ランデルに近づくにつれて道幅は広くなり、馬車や旅人が増えていく。主要な街道は舗装されているので、竜車の震動が少なくて快適だ。

夕刻になり、良一達は遂にランデルの街へと到着した。

その日はもう遅かったので宿を取って休み、翌朝、良一達はゼヴォスの大神殿へと足を向けた。

ランデルの街は、王都の西部でも有数の都市で、各種ギルドや商店が建ち並び、中心にはランデル侯爵の城がそびえている。

そして、その城よりもさらに目立ち、街のシンボルになっているのが、高台になった場所にあるゼヴォスの神殿だ。

「ここがゼヴォス様の神殿か。さすがに大きいな」

「主神の神殿だから、当然」

今までに訪れた神殿の中ではクックレール港の海の大母神ザウォームの神殿が一番大きかったが、ゼヴォスの神殿はその数倍の広さを誇っている。

白い石で造られたその荘厳な佇まいに、良一達はすっかり圧倒されていた。

「良一兄ちゃん、キレイだね」

「そうだな。美しさの中に品があるというか、自然と畏敬の念が生まれるな」

高台にあるゼヴォスの大神殿までの道は、白い大理石の大階段が一寸の歪みもなく続いている。

「メアも、ここは特に熱心に祈った方が良い」

長い大階段を上りながら、マアロがメアに話しかける。

「はい。でも、何か理由があるんですか？」

「全ての魔法は主神ゼヴォス様が管理している」

「そうね。著名な魔導師は必ずと言っていいほど、ゼヴォス様の加護を授かっているわ」

キャリーも話に乗ってきた。

神殿への道は多くの参拝客で賑わっているが、その中でも白いローブを纏った者が目立つ。

「良一兄ちゃん、どうして皆、白いローブを着てるの？」

モアがつないだ手を揺らしながら、無邪気に質問する。

「うーん。マアロと同じ神官様じゃないのかな？」

「違う。あれは魔導学園の学生」

主神ゼヴォスは全ての魔法を司る神であり、神殿があるところには魔導学園が建てられている。

主神の加護を得ている神官は魔法のエキスパートでもあり、正しき魔法を広めよという主神の教えに従って、魔導学園で教鞭をとるらしい。

長い階段を上り終えると、神殿や階段と同じ白い石でできた建物が複数見えてきた。

高台には大神殿の他にも魔導学園や修練場、社務所や神官の宿舎等がある。

「まだ朝早いのに、参拝客は結構な人数だな」

階段を上っている途中でも見た、白いローブ姿の魔導学園の学生が参拝客の多数を占めている。

人数は多いが、ここは剣神の時と違って立ち合いなどはなく、神官から祝福を受けるだけなので、列の進みは速い。また、神殿の規模も大きいため、担当する神官も多いようだ。

「マアロはどうするんだ？　今回は神官様に祝福してもらうのか？」

「私が仕える水の属性神ウンディーレ様は、ゼヴォス様に連なる神だから、祝福してもらわない方が不敬」

七人分のお布施を払って列に並んで待っていると、順番はすぐに来た。

神官が頭に手をかざし、良一達に祝福を与える。

「汝に主神の祝福があらんことを」

神官の声と同時に、良一は体の奥底から心地よい熱とともに力が湧き上がってくるのを感じた。神の加護を授かる感覚である。

　隣ではメアやマアロ達も祝福を受けている。

「良一兄さん、ポカポカします」

「もう驚かない」

　メアやマアロはある意味慣れっこだったが、キャリーはあっさり加護が得られたことに心底驚いた顔をしている。さらに――

「原因不明の力場を体内にて確認しました。これが神の加護と呼ばれるものでしょうか」

「みっちゃんも加護を手に入れたのか？」

「詳細は不明ですが、その可能性が大きいです」

　良一が慌てて《神級鑑定》のスキルを使って確認すると、みっちゃんにも加護がついているのが確認できた。

「みっちゃんは、ＡＩなのに加護が手に入るんだな」

「このような現象は現在まで確認されておりません」

「キャリーさん、神の加護は人間以外にも宿るんですかね？」

「人間以外に神の加護がつくものは、全てゴッドギフトに分類されるわね」

「じゃあ、みっちゃんはゴッドギフトになったのか？」

「私も専門家じゃないけど、その可能性が大きいわね、マアロちゃんはどう思うかしら」

「主神の導きとしか思えない」

良一は〝みっちゃんも外見上は人と変わらないので、お布施をしないのは不自然だ〟と考えて払っただけだったが、まさか加護を授かるとは思っていなかった。

「これが神の祝福ですか?」

当のみっちゃんはいつも通り平然としていて取り乱すことはない。

祝福を与えた神官達も、みっちゃんの正体はわからないまでも、全員が加護を得たらしいと察して驚きを露わにする。

他の参拝客の邪魔にならないようにという配慮からか、良一達は神殿の奥にある応接スペースに案内された。

全員で加護を得られた喜びや驚きを話しながらしばらく部屋で待っていると、扉がノックされた。

「三日ぶりですね」

応接室に入って来たのは案内の神官ではなく、神白だった。

「皆さん、座ったままで結構ですよ」

神白は、立ち上がっておじぎをしようとする良一達を制止して腰を下ろすように勧め、自分も対面のソファに座った。

「時間を取らせてしまって申し訳ないのですが、主神ゼヴォスが顕現するまでここでお待ちいただけますか」

神白の口から出たとんでもない言葉を耳にして、事情がよくわからないモアと反応を示さないみっちゃん以外の全員が腰を抜かした。

「主神が……顕現されるのですか？」

マアロがわなわなと震えながら尋ねると、神白は笑みを浮かべて頷いた。

「そうですよ。私は主神の指示でよく地上に降りますが、主神が直々に顕現するのは約百年振りです。幾柱もの神々が主神の顕現に随伴するため、少々時間がかかっているのです」

主神だけでなく、他の神々も一緒に顕現するという更なる爆弾発言が続き、マアロは完全に固まった。

「……」

「まあ、気負わずに、普段どおりで大丈夫ですよ」

良一達が茫然自失とする中、神白とモアだけがニコニコとしているという不思議な状況がしばらく続いた。

そんな中、再びノックの音が聞こえた。

「準備が整いました」

扉を開いて、青く長い髪の女性が部屋に入ってきた。

「ア、ア、アクアローム様⁉」

不思議だが年齢も性別も違うのに、神白と似た印象を受けるその女性を目にした瞬間、マアロが普段では考えられないほど俊敏な動作で床に這いつくばった。

「ご挨拶が遅れました。水の属性神ウンディーレ様の側仕えをしているアクアロームです。よろしくお願いしますね」

アクアロームが自己紹介する間も、マアロは涙を流しながら見続けている。

水の属性神ウンディーレの神官であるマアロにとって、祀る神の側仕えのアクアロームは、とても重要な存在らしい。

「さあ皆さん、行きましょう」

皆、神白に続いて慌てて立ち上がるが、放心状態のマアロは平伏したまま動かない。

「マアロさん、ほら行きますよ」

メアが呼びかけても返事がないので、結局ココが腕を掴んで支えながら運び出した。

「では、こちらにどうぞ」

待合室から出て、アクアロームを先頭に、神白、良一達が続く。

神官から加護を授かった大広間に続く扉の前には、先ほどまではいなかった美男美女が何人も立ち並んでいた。

「主神ゼヴォスに連なる神々の側仕え達です。後でご紹介しましょう」

いずれも整った容姿で、良一は気後れしてしまうが、アクアロームが扉を開けたので、後に続いて入室した。

見ると広間の中央に、初めて会ったのになんだか懐かしく感じる老人が立っている。先ほどまで列を成していた参拝客の姿はどこにもない。

最初に主神に会った時は顔が見えなかったが、良一は直感でこの老人が主神ゼヴォスであると悟った。おそらく、老人の周りの方々も神であろう。

良一達はすぐに神々の前で膝をつき、頭を垂れた。モアもただならぬ雰囲気を察し、見よう見真似で頭を下げる。

「主神ゼヴォスの御前です」

神白が厳かに告げ、良一達は改めて平伏する。

「よく来てくれた。元気そうで何より。楽になさい」

落ち着いた声音で主神ゼヴォスが呼びかけた。

「石川君、前回は落ち着いて話せなかったが、スターリアでの生活には慣れたかね？」

「はい。とても満ち足りた生活を送っています。家族もできて、毎日が楽しいです」

「それは上々」

「この男が、主神が転移させた者ですか？」

主神ゼヴォスの右隣のガッシリとした体格の中年男性が、良一をギロリと睨んだ。

彼の視線を受けると自然と体が竦み、不可視の力で押さえつけられるように感じて、良一は息ができなくなった。

「グラート、睨みつけるのはやめなさい」

良一達の様子を見かねたのか、ゼヴォスの左隣に立つ女性が窘めた。外見の年齢はグラートと呼ばれた神と同じくらいだ。

「いや、睨んでいるつもりではないのだが」

「あなたは顔が怖いのです。そちらのお嬢さん方が怖がっているでしょう?」

グラートが視線を外したおかげで不可視の力がなくなり、ようやく息ができるようになる。

「光の属性神ライティスです。初めまして」

「重力の属性神グラートだ。よろしく」

どちらも上級神である。

二柱の神の名前を聞いて、良一達は再び頭を下げる。

「石川さん達のことは海の大母神ザヴォームから聞いているわ。彼女とはお茶を飲む間柄だけど、ついこの間ウンディーレとお茶を飲んでいた際にも訪ねて来て、美味しいお菓子――ドーナツっていうのかしら? をいただきながら話したわ」

主神を差し置いて喋り続けるライティスに、ゼヴォスもグラートも苦笑いを浮かべたところで、ようやく話が終わった。

「さて……半ば呼びつけるような形の伝言をしてしまってすまなかったね。実は、石川君が私の神殿を訪ねたら他の神々に紹介しようと思っていて、こうして場を設けたのだ」

「お心遣い、感謝します」

そうして神々の紹介が始まった。

主神ゼヴォスの紹介で、両隣にいる上級神である〝光の属性神ライティス〟〝重力の属性神グラート〟、中級神〝火の属性神イグラス〟〝水の属性神ウンディーレ〟〝土の属性神ノーレス〟〝草の属性神シーディア〟、下級神として神白をはじめとした六柱の使徒の合計十三柱が広間に顕現していた。

「さてさて、紹介も済んだところで、もう一つ君に伝えねばならないことがある」

良一達が他の神との挨拶を一通り終えたところで、主神ゼヴォスは別の話題を切り出した。

「少々急いで来てもらったのには理由があってな……実は、新たな転移者がやって来てしまうことになった」

「転移者？」

神白が一歩前に進み出てゼヴォスの言葉を継ぐ。

「詳しくは私から説明させていただきます。石川さんには以前少しお話ししましたが、現在、異世界転移の管轄は主神ゼヴォス様へと移行されています。しかし、その前に組まれた時限式の転移術式がいくつか残されておりました」

「時限式というのは、どういうものですか？」

「前任の主神オーディスクン様は、長年異世界転移を管轄し、偶発的に発生する転移者の保護を行なってきたのですが、次第に転移者が世界を変容させる様を見るのを楽しむようになりました。それで、オーディスクン様は定期的に異世界転移を発生させる術式を組んでいたみたいなのです。大半はゼヴォス様が解除されましたが、それでもいくつか我々があずかり知らないものが残っておりました」

「それで、自分は何をすればよろしいんでしょうか？」

「何もしなくて良い」

即答した主神ゼヴォスの言葉を、神白が補足する。

「今回の事態を受けて、時限式の転移術式を再調査して全て解除いたしました。転移者については石川さんとは違い、カレスライア王国の北方のマーランド帝国に赤子として異世界から転生しました。転生前の記憶を引き継ぎ、神の加護を得ておりますので、十年ほどもすれば頭角をあらわすやもしれません」

改めて良一が転移者であると聞いて、彼の仲間達は皆大なり小なり驚いたものの、神の御前で騒ぎ立てるわけにはいかず、グッと呑み込んだ。

とはいえ、良一が使う不思議な道具や、神々との関係を考えると、ココやキャリーにとってはむしろ、やはりと納得する思いが強かった。

「マーランド帝国ですか」

「世代も多少ずれますので、あまり問題はないと思いますが、対面した場合はどうか穏便に……。転移者同士の争いは周りへの被害が尋常ではないので」

「うむ。転生時に会ったが、野心溢れる若者であった。少なくない影響がこのスターリアに起こるであろうが……それもまた運命と言えよう」

主神ゼヴォスが頷いて締めくくった。

「さて、それでは、我々は戻るとしよう。息災でな」

そう言い終わると、主神ゼヴォスの姿が霞みはじめ、続いて左右のライティスとグラートの姿も揺らいで、音もなく消えた。

主神の後を追うように他の神々も次々に消えていくが、青い髪をしたウンディーレだけが残った。

「ウンディーレ様、如何なさいましたか？」

神白が残った理由を問いかける。

マアロが信奉するウンディーレは、切れ長の目をした北欧風の顔つきの美女で、特徴的な青いウェーブのかかった髪が腰まで伸びている。

「私の可愛い神官に挨拶をしようと思いましてね」

既に緊張の限界を突破しているマアロは覚束ない目つきでウンディーレを眺める。

「我が主神様が気にかける者に同行してくれて、感謝しています。その功績に報いるために、あなたに私の力を込めた指輪を授けます。これからも励みなさい」

そう言い残して、ウンディーレの姿も霞んでいった。

次の瞬間、目の前に青色の宝石が埋め込まれている指輪が光とともに出現して、マアロは慌てて受け取った。

ウンディーレが消えるのを待って、各神の側仕え達も消えていった。

「なんだか、色んな神様に会って疲れたな」

ようやく緊張を解いた良一が、ため息とともにポツリとこぼした。

「良一君、疲れたなんてものじゃないわよ。主神ゼヴォス様に上級神、中級神の皆様に声をかけていただけるなんて……どんな国の王様でも不可能よ」

キャリーもさすがにこれほどの体験は初めてで、その場にへたり込んでしまった。

「キレイな指輪だね、マアロちゃん」

モアは疲れた様子もなく、早速マアロの指輪に興味を示している。

「この指輪は古文書で見たことがある」

マアロが言うには、過去にウンディーレと会話をしたことがある大神官が同じ指輪を持っていたらしい。

　水の魔法を用いる者には絶大な効果を及ぼす代物で、大昔の大神官が授かった指輪はゴッドギフトとして水の大神殿に厳重に保管されているのだそうだ。

「いいな〜、モアも指輪が欲しい」

　モアが漏らした呟きに、神白が反応した。

「ちょうど良かったです。主神からのお土産として、こちらを皆様に」

　てっきり神白もいなくなったものだとばかり思っていて、全員が驚いたが、神白は構わずいくつかのサイズが異なる指輪をトレイに載せて差し出した。

「主神の加護が込められた指輪です。装着すれば魔法発動時の魔力の消費が抑えられます」

「それって、ゴッドギフトですよね？」

　良一は困惑しながら尋ねた。

「ええ。特別品ですので、皆様にしか効果が現れません。どうぞ遠慮せずにお受け取りください」

　全員が指輪を受け取り、指に嵌めた。

「では、これにて失礼いたします。神官達には神託で事情を説明してありますので、皆様はこのまま宿にお戻りください」

こうして主神ゼヴォスとの会談は終了した。

「ふう……今日はもう休もう。王都での陞爵式以上に精神的な疲れが出たよ」

良一は神殿を出るなり大きなため息をついた。

「モアは元気だよ‼」

「あら、モアちゃんは元気一杯ね」

キャリーも疲れているようだが、心身ともに良一とは丈夫さが段違いである。力こぶをつくってモアをぶら下がらせて遊ぶ余裕があった。

いつもだったらはしゃぎすぎなモアを窘めるメアも、主神からもらった指輪にすっかり見入っている。

「みっちゃん、悪いけど、しばらくモアについていてあげてくれ」

「かしこまりました」

大階段をゆっくりと下りながら話し合っていると、大急ぎで駆け上がってくるローブ姿の老若男女とすれ違った。

「今頃、大神殿はてんやわんやの状態でしょうね」

息を切らして階段を上る神殿関係者を横目に、ココが苦笑した。

階段を下りきったところでモアとみっちゃんのみ街の散策に向かい、その他の者達は宿屋に直行してベッドに倒れ込んだのだった。

翌朝、ようやく神々との出会いのショックも和らいだ良一達が、宿の食堂でのんびりとこれからの予定を話していると、ガチャガチャと金属の擦れる音を鳴らしながら八人の騎士がやってきた。

「石川士爵でいらっしゃいますか」

先頭を歩いてきた騎士の代表らしき者が、頭をスッポリと覆うヘルムのバイザーを開いて顔を見せてから尋ねてきた。

開いたヘルムの隙間から見える顔は、褐色の肌に紅い瞳の美男子だった。

「そうですけど」

「私は重力の属性神グラート様を祀る神殿に属している神殿騎士団――巡教隊の隊長を務めるカジャートと申します。グラート神の神託により、あなたに試合を申し込みます」

「試合……それは私があなたと戦うということですか？」

「お受けいただけますね」

「いやいや、そんないきなり試合だなんて言われても……」

突然の物騒な申し出に、良一はどうしたものかと悩むが、カジャートは頑として譲らない。

「信奉する神からの神託です。我々も成就するまで立ち去れません」

一旦キャリーが場を取り成して騎士から話を聞いて、ようやく全貌が判明した。

カジャートらが属する神殿騎士団巡教隊とは、神殿のない地域にも信奉する神の威光を知らしめるために様々な場所を旅している騎士団だ。

どうして宣教師ではなく、武力を持つ騎士団なのかというと、人々の信仰を集めるには、モンスターに襲われた村を救助するのが手っ取り早いからだという、身も蓋もない理由があるらしい。

巡教隊は偶然、物資の調達をするためにランデルの街を訪れていて、そこでグラート神から〝石川士爵と試合を行い、自らの力をさらに高めよ〟と神託が下されたのだという。

「まあ、神託ならば無下にはできませんし、仕方ないですね」

良一達も神様から加護を受けたり、神託を達成して力を得たりしている手前、神託に従って行動するカジャート達の申し出を断るのも気が引けた。

「ありがとうございます。私達は準備が済んでおりますので、いつでも大丈夫です。ゼヴォス様の大神殿の演習場を借りたので、準備ができたらそこに来てください」

「ちょっと待ってください。私達……ってことは、カジャートさん達八人と試合をするんですか？」

「ええ。重力の属性神グラート様に認められた実力者ならば、我々と連戦しても大丈夫でしょう」

丁寧な物言いに隠れていて見落としていたが、カジャート達はどうやら静かに怒りを燃やしているらしい。その理由がわからなかった良一は、小声でキャリーに尋ねる。

「あの騎士様達、なんか苛立っていませんかね」

「そりゃあ、自分達が祀る神様が、良一君を実力者として認めていて、〝稽古をつけてもらえ〟なんて言われたら、面白いはずがないじゃない。特に、神殿内でもエリートコースになる巡教隊の騎士達にはね」

「なるほど」

良一達がひそひそ話をしているうちに、カジャート達は来た時同様、ガシャガシャと騒々しく宿から出て行った。


部屋で装備を整えた良一は、メアとモアの面倒をみっちゃんに任せて、キャリーとココとマアロとともに四人で大神殿の演習場へと向かった。

「良一君は重力魔法使いと戦った経験はあるの？」

「ないですね、なんとなく、イメージはできますけど」

騎士達についての話を続けながら、良一達は神殿への階段を上っていく。

「重力魔法使いは少ないからね。有名な冒険者なんて数人くらいだけど、実力はかなりのものよ。ココちゃんの道場の門下生にはいたかしら？」

「一人だけいました。狗蓮流は重力魔法と相性が良いので、入門してすぐに頭角を現して、門下生の中でも屈指の実力者になりましたよ。私も一度だけ試合をしたことがありますが、剣を掠らせるだけで精一杯でした」

　キャリーとココが重力魔法使いとの戦い方のレクチャーをはじめる。

「重力魔法使いは移動の際には自重を軽くして負担を軽減し、反対に相手には常に重力をかけ続けて疲弊させるのが基本戦略よ。自分の攻撃の瞬間に重さを増して、威力を高める……なんてこともするわね」

「飛び道具などは狙いを逸らされてしまいますし、遠距離から放つ魔法も高重力の壁で威力が弱められます」

「遠距離攻撃が駄目……じゃあ、どうするんですか」

「まあ……頑張れとしか言えないわね、高重力をかけられても、ステータスが高ければ少し動きが阻害されるくらいだから、なんとか接近戦に持ち込めば良いんじゃないかしら?」

「とはいえ、相手もそれを見越して近接戦闘技術を磨いていると思います。でも、良一さんは高ステータスですし、最近は私やキャリーさんとの近接戦闘訓練でも良い反応をしているから、充分勝機はありますよ」

　なんとも無理やりなアドバイスに、良一は苦笑するしかなかった。

演習場は四方を石壁で囲まれた更地だったが、一段高くなっている周囲には観覧用の簡単な席が設けられている。

そこには、先程宿に来た騎士団員八人の他にも多数のギャラリーが押しかけていた。

「お待たせしました。随分とたくさんの観客がいるんですね」

「場所をお借りしている手前、我々の権限で人払いするというわけにもいかないのです。申し訳ありませんが、ご理解ください」

良一が遠回しに苦言を呈すると、カジャートはすんなり頭を下げた。

しかし、なんとも慇懃無礼な態度で、良一は自分がカジャートに対して抱いていた不快感の正体に気がついた。

言葉遣いは丁寧だが、カジャート達はどこか良一を見下しているような気がしてならない。

初っ端から負の感情をぶつけられたせいもあるが、カジャート達の尊大な態度に、良一も段々と気が立ってくる。異世界スターリアに転移して以来、様々な人に出会ったが、彼らには理屈抜きで好感情を持てないのだ。

「では、早速始めましょうか」

良一が試合場に立って自前の手斧を構えると、カジャートが出てきた。

試合の審判はゼヴォスの神殿の神官が務める段取りだ。

「グラート神殿騎士団、巡教隊騎士隊長セイト・カジャート、参る」

「石川良一、王国士爵です。よろしくお願いします」

「始め」

最初から隊長のカジャートが出てきたことに驚き、良一の反応が遅れた。

開始の合図の直後に体に高重力をかけられ、カジャートの急接近を許してしまう。

良一は重くなった自分の体に四苦八苦しながらも振り抜かれた剣を手斧で防ぎ、反撃を見舞った。

「私の重力をものともしませんね」

憎々しげに呟く声と同時に、良一の体にかかる重力がさらに強くなったが、まだ潰されるほどではない。

良一は足を止め、最小限の動きでカジャートの剣を防ぐことに集中する。

「グラート神の巡教騎士は精強と名高いのに、あの貴族様は一歩も引いていないぞ」

「それに、相手はあの重力騎士カジャートだ」

「やはり、昨日ゼヴォス様がお会いになられたという方は、石川士爵なのか」

しぶとく耐える良一の姿を見て、ギャラリーの間でざわめきが大きくなる。

苛立ちを募らせたのか、カジャートがかける重力がどんどん強くなる。

いい加減に息が苦しくなってきたので、良一も勝負に出ることにした。

「リリィ、プラム、頼む」

『任せなさい』

『頑張りますわ』

二体の精霊が返事をした直後、演習場の舞台の上だけに突風が吹き抜け、局地的な暴風雨がカジャートに襲いかかった。

立っているのもままならないほどの強風と弾丸のような雨粒に見舞われ、カジャートは剣を地面に突き刺してなんとか堪え忍ぶ。

重力魔法を自身の防御に回したためか、良一にかけられた重力が少し緩んだ。

カジャートにとっては暴風雨だが、良一には程良い追い風に、体の火照りを取るミスト程度に和らげられている。

「リリィ、俺の動きに合わせて追い風を。プラムは視界を遮るために水の量を増やしてくれ」

良一はリリィの追い風を受けて、猛スピードでカジャートに接近して勢いのまま蹴りを叩き込んだ。

体の支えにしていたために剣を抜けず、良一の蹴りをもろに受けたカジャートは態勢を大きく崩し、暴風雨に逆らうことができず演習場の壁に叩きつけられて気絶した。

「勝負あり！」

立ち会いを務めている神官の声を聞き、リリィが暴風を止めた。

仲間の騎士が、気絶しているカジャートを介抱して運び出していく。

入れ替わりで次の騎士が入ってきて、すぐさま良一に挑んだ。


それから良一は、続けて七人巡教隊騎士の相手をしたが、いずれもカジャートほどの実力はなく、力業で押し切った。

巡教隊八人を圧倒した良一に驚き、ギャラリーがざわついている。

「石川士爵、ありがとうございました」

八人目の騎士を壁に叩きつけたところで、目を覚ましたカジャートが礼を言った。

八人の騎士と戦っても傷一つ負わず、少し息が乱れているだけの良一を見て、悔しそうに口を真一文字にしている。

「こちらこそ、良い試合でした」

圧勝したとはいえ、試合の疲れもあって、良一は早々に宿に戻ろうと演習場を後にする。

そこへ、格式高そうな神官服を身に纏った男性が、多くの神官を引き連れてやってきた。

見るからに高位な神官が、良一達を呼び止める。

「もし、石川士爵、お待ちいただけますか」

立派な白い髭を生やした痩せ型の老人だが、その瞳は活力に溢れ、圧倒的な存在感をです」


放っている。

「なんでしょうか？」

「お初にお目にかかります。当神殿の神官長を務めている、テーゴリウスと申します。先ほどの試合を拝見いたしました。屈強で知られる騎士団に連勝したお手並み、実に見事です」

「ありがとうございます」

「それで……是非とも、石川士爵に我が神殿の名誉司祭の任に就いていただきたいと思いまして」

名誉司祭という単語がピンとこなかった良一は、水の属性神ウンディーレの神官でもあるマアロに視線で問いかける。

すると、口をへの字に曲げたマアロがテーゴリウス神官長の前へと進み出た。

「挨拶が遅れ申し訳ございません。お初にお目にかかります、水の属性神ウンディーレに仕える神官のマアロ・フルバティ・コーモラスです。石川士爵には私が付いておりますので、無用な勧誘は遠慮いただきたい」

「水の属性神の神官でいらっしゃったか。士爵とは随分と親しげな様子ですが」

テーゴリウスはどこか侮蔑の籠もった目でマアロを見回す。

彼の目には、主神ゼヴォスよりも格下の神に仕える一神官にすぎないマアロが、自分に楯突いているように見えるのだろう。

連れの神官達もマアロを見ながら感じの悪い笑みを浮かべていて、良一の眉間にシワが寄る。

「確かに、私は一神官ではありますが、信奉する神からゴッドギフトを下賜されております」

そう言いながらマアロはウンディーレから授かった指輪と、神白から貰った指輪を嵌めた指を示した。

最初は〝一体何を見せる気だ〟と馬鹿にしたような顔をしていたテーゴリウス達だったが、指輪を見て目を見開いた。

高位の神官らしく、マアロの指に輝くそれがゴッドギフトであると正確に理解し、数度口をパクパクとしてから、声を絞り出した。

「そ、その指に煌めく指輪は、もしや……清水の神輪と、ゼヴォス神の魔石輪ではございませんか」

「そのとおり。私は主神ゼヴォスにも認められた、石川士爵付きの神官と言えるでしょう」

たちまちテーゴリウス達の顔は青ざめ、額には大粒の汗が浮かぶ。

「とんだ無礼を働きましたことを、平にご容赦を願いたく……」

指輪の効果は絶大で、あれほど尊大だったテーゴリウス達が、マアロにペコペコと頭を下げ続ける。

ばつが悪くなったのか、神官達は早口で挨拶をしてあっという間に立ち去った。


「おかえりなさい、良一兄ちゃん」

「おかえりなさい、良一兄さん」

「お疲れ様です、良一さん」

宿屋へ戻ると、本を読んでいた留守番の三人が、良一達を迎えた。

メアは受験勉強のおかげで大抵の本ならば自分で読めるようになり、モアも簡単な絵本ならつっかえながらも読めるようになっている。

「良一君、ちょっと良いかしら？」

部屋で一息ついたところで、キャリーが口を開いた。

「試合場での騎士団相手の戦いは見事だったわ。精霊のリリィちゃんとプラムちゃんの連携もバッチリ決まっていたし。それはいいとして、問題はその後の神官長への対応よ」

「何か問題？」

マアロが少し不服な様子でキャリーに問いかける。

「マアロちゃんが指輪を見せたのは仕方がないわ。でも、すぐにこの街を出た方が良いわね」

「どうしてですか？」

意外な提案で、良一も首を傾げる。

「ミカエリアス様から授かった指輪を見て、神官達はより一層の囲い込みをしようとするでしょうね。テーゴリウス神官長は権威主義だけど、まだ信心のある神官だと思うわ。でも、信仰心よりも野心が強い一部の神官にとっては、良一君達ほど利用価値のある人材はいないもの」

「なるほど。それでどこに行きますか？」

「一度、王都に戻りましょう」

キャリーの意見に誰も反対しなかったので、良一達は早速出立の準備をはじめたのだった。

三章　エルフの国

「いらっしゃい、皆さん。ココも元気そうね」

主神ゼヴォスの神殿から王都に戻った翌日、ココは久しぶりにマナカの部屋に挨拶に向かった。

良一とみっちゃん、メアとモアも同行している。

「お久しぶりです、母上」

「こんにちはー」

「あら、モアちゃんは今日も元気一杯ね」

昼にはまだ早い時間だったが、部屋にいるのはマナカだけで、ミミとメメは授業中で不在だ。二人とも夕方までには帰ってくるらしい。

「皆さん、王都に戻ってらしたんですね」

「はい。ただ、王都に居たらまた色々ありそうなので、すぐに旅立つつもりです」

茶を飲みながらホウライ山やランデルでの出来事を話していると、ドアをノックする音が響いた。

「あら、お客様かしら」

「母上、私が出ます」

マナカに代わって、入り口側近くに座っていたココが対応に向かった。

少し時間をおいてからココがリビングに戻ってきたものの、少し困った表情を浮かべている。

「あら？　お客様はどうしたの」

「えっと、良一さんに来客のようで」

マナカにではなく自分に向けての来客だと聞いて、良一は色々な意味で驚いた。マナカの許可を得て部屋に入ってきたのは、王国騎士団の警備隊に属するフェイだった。

良一とココが海賊討伐に出ていた際に、メアとモアとマアロがお世話になった女性だ。

「ご歓談中にすみません、石川士爵。先に宿を訪ねたのですがご不在で、マアロさんからこちらにいらっしゃると聞いて……」

「お久しぶりです、フェイさん。どうされましたか？」

見知った顔とはいえ、わざわざマナカの家まで訪ねてきた理由の見当がつかない。

「はい、石川士爵に登城要請が出ております。お手数ですが、今から王城まで同行していただけませんでしょうか。ミチカさんもご一緒にお願いします」

ミチカとは、改まった場でみっちゃんを紹介する必要がある場合のために良一が後付けした名前である。

突然の登城要請に若干戸惑ったものの、みっちゃんも一緒に呼ばれたとなると魔導機関係に違いない。名目上は〝要請〟だが、拒否権はなさそうなので、良一は早速王城に出向くことにした。

「フェイ姉ちゃん、もう帰っちゃうの」

「ごめんねモアちゃん、今日はお仕事なの。また遊ぼうね」

後のことはココに任せて、良一とみっちゃんはフェイの案内で王城に向かい、良一達は一息つく暇もなく、城内の迎賓室に招き入れられた。

「石川士爵、突然の登城要請に応えてもらい、感謝します」

そこには、スマル王女を筆頭に、祝賀会で一度会ったリユール伯爵とその娘のティラス、王都の魔導機ギルドの職員など、顔と名前を知っている者が何人かいた。

「私は国土開発院の上級職長を務めているナカタケと申します。本日は、王都東部の要塞建設現場で起きた魔導機の不調を受けてお呼び立てした次第です」

ナカタケの詳しい説明によると、リユール伯爵家は王国東部の大規模要塞の建設にあたって、建設用の魔導機を運び込んでいたのだが、一週間前、本格的に工事が始まる前に一度試運転をしていたところ、過半数の魔導機が故障したらしい。

リユール伯爵家はすぐにお抱えの魔導機整備士に命じて修理を試(こころ)みたものの、彼らの手に負えず、魔導機ギルドの手を借りても数点の魔導機を修理ができたのみで、大半はいまだに故障中だという。

そこで魔導機ギルドから推薦(すいせん)されたのが、リード双大橋を修理した良一とみっちゃんだったというわけだ。

魔導機の故障は工期の延長と工費の増大に直結する大問題で、早急な対応が必要であることから、王国側も手早い対応を取るべきという判断を下したらしい。

「そこで、石川士爵には、リユール伯爵家が所持(しょじ)する魔導機を修理可能かどうか判断してもらいたいのです」

「わかりました。ミチカと一緒に調査に向かいます」

「感謝します。こちらが建設現場への地図です。修理可否(かひ)の判断は、遅くとも半月以内に出していただけますでしょうか」

「善処(ぜんしょ)いたします」

こうして、良一とみっちゃんの出張が決定した。

ナカタケから地図を受け取ると、それまで黙ってやり取りを聞いていたスマル王女が口を開いた。

「石川士爵、私からもお願いします」

スマル王女とは陞爵式の後に、彼女の祖母に当たる先代の王妃から授かった魔導機の修理を通じて面識を得ている。

「リユール伯爵家の存亡の危機なのです。王家の人間としても、王国を支える貴族家の危機を放っておくわけにはいきません」

リユール伯爵は彼女の祖父に当たるので心配なのだろう。しかし、スマル王女が母親の生家でもあるリユール伯爵家に露骨な肩入れをしたと噂されれば、貴族家同士の争いに発展する恐れもある。

だから、王女は国家の一大事業である要塞建設をスムーズに進めるために手を打ったということにしたのだ。これなら非難されるいわれはない。

打ち合わせを終えて部屋から出ると、フェイが待っていて、竜車で宿屋まで送ってくれた。

フェイは御者を務めながら、改めて急な呼び出しを良一に詫びる。

「先ほどはすみませんでした。実は、先日私は王国騎士団グスタール将軍配下の王国警備隊から、デリディリアス将軍配下の王城警護隊に転属になり、スマル王女の護衛騎士に任ぜられたのです」

「そうだったんですね」

「はい。今回の面会も、スマル王女から直々に頼まれたのです」

宿に戻った良一は、早速ココ達に故障した魔導機の調査依頼について話した。

「二、三日休んだら王都から出るつもりだったけど、リユール伯爵から急な依頼が入った。内容は東の要塞建設現場で故障した魔導機の調査で、正直、ものを見るまでどのくらいかかるかわからない。俺とみっちゃんの二人で対応しようと思うんだが……その間、ココ達はどうする？」

「そうですね……機密の多い建設現場にモアちゃん達を連れて行くわけにはいきませんし……」

「東の要塞といったら、亡者の丘に建設予定の要塞よね？　だったら、セントリアス樹国まで足を伸ばしてみるのはどうかしら？」

「樹国は私の故郷」

キャリーの提案に、マアロが即座に補足した。

「モア、マアロちゃんの国に行ってみたい！」

「私も、どんなところか興味があります」

マアロの故郷の話題は旅の道中でも聞いたことがあるが、木々に囲まれたエルフの国には大いに魅力を感じる。

モアもメアも乗り気なので、良一はキャリーの案に乗ることにした。

「よし、じゃあ依頼を片付けたら皆で行ってみるか」

「なら、良一君達には一足先に要塞に向かってもらって、私達は馬車でゆっくり観光しながら追いかけようかしら。要塞に近い宿場町にしばらく滞在して、良一君達の調査が終わるのを待つわ」

「それが良さそうですね。メア達のこと、お願いします」


「じゃあみっちゃん、準備を終えたら俺達は早速出発するか」

「かしこまりました」

留守中のメアとモアの面倒をキャリー達に頼み、良一とみっちゃんは王都を出て、地図に従って建設現場へと向かった。

要塞建設現場は大規模だったが、人がまばらにいるだけで静まりかえっていた。

作業に伴う喧騒が全くない。

良一は、現場周辺を巡回(じゅんかい)している警備の騎士に声をかけ、国土開発院の職員から渡されている立入許可証とリユール伯爵からの手紙を見せた。

「確認が取れましたので、どうぞこちらへ」

騎士に案内されて入った詰所(つめしょ)の中では、魔導機ギルドの職員らしき者達が、疲れ果てて眠りこけていた。

奥の方で小さな魔導機の修理を行なっている職員は深いクマができた目で、良一の顔を胡散臭そうに見た。

「すみません、ご覧の通り、修理はまだできていないんです……」

「いえ、自分は王都から派遣された応援です」

目の前の職員に魔導機ギルドからの手紙を渡すと、今まで元気のなかった職員が驚くほどの勢いで良一の手を取った。

「あなたが石川士爵ですか！　遠路はるばる、ようこそおいでくださいました。私どもではリユール伯爵家の魔導機の修復は難しくて……大変助かります」

職員は、そう叫ぶやいなや、その場に倒れてしまった。

みっちゃんの診察によると、極度の疲労と睡眠不足が原因であり、このまま寝かせておくのが一番とのことで、仮設ベッドに運んでから、故障中の魔導機を見て回ることにした。

「さっきの職員も疲れ果てていたけど、そんな悲惨な現場なのかな？」

「魔導機を修理する場合には専門の工具が必要な場合が多いのですが、先程の詰所にあった工具類だけでは、大規模な修理はおろか、故障箇所の診断も難しいかと」

「それじゃあいくら時間があっても修理が進まないわけだ」

テントの下に置いてある魔導機を見てみるが、良一にもサッパリわからないので、素直にみっちゃんに修理が可能かどうか判断してもらった。

「どうやら、経年劣化と無理な修理による不具合の積み重ねですね。修復して一時的には使用可能になりますが、ここまでの状態だと、修理するよりも新たな魔導機を購入した方が良いと判断します」

「なるほど。修理は可能だが、遅かれ早かれ魔導機は修復不可能になるのか」

他の魔導機も順に判断をしていくと、程度の差はあれ似たような状態だった。

現時点で修復不可能なほどに大破した魔導機がなかったのは、不幸中の幸いだ。

「まあ、一度報告を上げて、判断を仰いでからだな」

現場監督を務める国土開発院の職員に報告した後は、特に深刻ではない故障を起こしている魔導機から、みっちゃん主導で修理をはじめた。

良一も魔導機に関しては門外漢なので、ほとんどみっちゃんの補助である。

それでも、機械類の知識がある分、他の職員よりはみっちゃんの説明を理解しやすかった。

いつの間にか、魔導機ギルドやリユール伯爵家のお抱え技術者も集まり、修理作業は修理講座の様相を呈してきて、参加者は全員みっちゃんの知識を一言一句も聞き漏らすまいと真剣に聞いていた。

そんな生活を一週間ほど続けていると、国土開発院の責任者ナカタケと、リユール伯爵家の名代が現場にやって来て、現場事務所のテントで良一と面会した。

「リユール伯爵家に仕える執事のベアードと申します。本日は当主の名代として参りました」

まず、黒い燕尾服を纏った男が立ち上がり、挨拶をした。

「今回の故障の原因及び対処方法が判明し、リユール伯爵家としては即座に誠意ある対応をもって、王国の発展に寄与することを、国王に回答いたしました」

良一にはこの回りくどい言い回しがサッパリ理解できなかったが、表面上は頷いておいた。

続いて、ナカタケも良一に調査と修理への礼を述べた。

「国土開発院側としましては、今回の故障の調査費用を後程お支払いいたします。この後はリユール伯爵家と個別でご相談ください」

話を終えたナカタケは、慌ただしく席を立って現場の視察に向かった。

ベアードはアイテムボックスの中から小袋を一つ出すと、良一に差し出す。

「まず、今回の事故の調査及び、既にいくつかの魔導機の修復を行なっていただいた謝礼です。また、当家の技術者達に修理技術の伝授をしてくださったとのことで、そちらにも対価をご用意しました」

差し出された小袋の中身を確かめて、良一はもらいすぎじゃないかと驚いたが、相場がわからないので黙って受け取った。

「出張費用として、日当白金貨一枚計算で一週間分、白金貨七枚。既に修復していただいた十六機の魔導機の修復費用として、大白金貨三枚。技術指導料として、大白金貨一枚です」

日本円に換算すると、四百七十万円である。

良一が謝礼金を受け取るのを待って、ベアードは続けた。

「石川士爵、今後のことについてなのですが……」

リユール伯爵は良一の報告を受けて、急場凌ぎではあるが残りの魔導機の修復を頼みたいと考えており、その過程で伯爵家お抱えの技術者達に修理技術を教えてもらいたいとのことだ。

良一としては、ここまで来たのだから、リユール伯爵の要望を受けてしまうことにした。

「当主もお喜びになるでしょう。では、私はこれにて失礼いたします」

こうして、みっちゃんが技術者に修理方法を教えながら残りの魔導機の修復を進めたのだった。

それから二週間ほどで大部分の魔導機は修理が終わった。

みっちゃんの指導によって技術者達も正しい修復方法を学び、残りの魔導機は自分達で修理できるくらいになっている。

いくつかの修復に用いる工具を実費で提供して、良一とみっちゃんの出張は終わった。

「あそこに見えるのが〝亡者の丘〟か」

荷物をアイテムボックスにしまいながら、良一は改めて件の場所を見た。

丘の上には朽ちかけた都市のようなものがあり、城らしき建物も見ることができる。その都市がある丘の手前には、石造りの要塞が築かれている。

「あれが今の要塞だろ？」

「騎士の話では、二百年ほど前に築かれたようです」

老朽化した旧要塞を指差す良一に頷いて、みっちゃんが補足した。

「あそこで亡者が王国に入り込むのを防いでいるんだよな」

「数年おきに、亡者が集団で王国や樹国に押し寄せるみたいですね」

「樹国側には要塞はないのかな？」

「エルフ族は森林を用いた天然の要塞で防いでいるそうです」

「天然の要塞か。まあ、樹国への道中でマアロに聞いてみよう」

みっちゃんと建設現場を出立する竜車に乗り込む際には、技術者達は涙を流して別れを惜しんだ。

「石川士爵、ミチカさん、ありがとうございました。石川士爵がいなければ私達は過労と胃痛で死んでいたことでしょう」

技術者達は、良一達が見えなくなるまで、ずっと手を振って見送ってくれたのだった。

竜車に揺られて三時間ほどで、宿場町にたどり着いた。

建設現場で作業していた際に、リユール伯爵の家臣を通して、キャリーから王都を出発して宿場町に滞在するという手紙が届いたのだ。

腕時計型デバイスの短距離通信機能で連絡を取ったので、宿場の入り口で皆が待っていた。

「ただいま」

「おかえりなさい」

その夜は建設現場での話や、これから行く樹国のことをメアやモアと話した。

どうやら二人は、宿場町に滞在している間に、マアロから樹国の話をずっと聞いていたらしい。

マアロの話では、国境から竜車に乗れば一日で首都まで行けるそうなので、先に首都に寄って、その後マアロの故郷に行くことに決めた。

「じゃあ、セントリアス樹国ではウンディーレ様を祀る水の大神殿と主神ゼヴォス様の神殿に行って、それからマアロの実家に挨拶だな」

「急に結婚の挨拶なんて」

「マアロ、結婚なんて一言も言ってないだろ」

「モアね、大瀑布ってやつが見たい！　すっごく大きな滝なんだって」

「私は図書の樹というものを見てみたいです」

モアやメアの熱弁を聞きながら、楽しく過ごした。

「竜車は今から予約できるかな？」

「この宿場町には竜車屋がないから、馬車で国境の関所町に行って乗り換えが一番。馬車屋には話をつけてある」

「随分と手際が良いな」

「できる妻としては、当然」

「じゃあ、樹国ではマアロに頼り切りになるかもしれないけど、よろしく」

「妻に任せて」

マアロがお決まりの妻アピールをするが、最近は良一もあまりツッコミを入れず、さらっと流すようにしている。

翌朝、良一達はマアロが手配してくれた馬車に乗り込み、一路セントリアス樹国へと向かった。

国と国をつなぐ主要街道なので、整備が行き届いていて、交通量も多い。

カレスライア王国とセントリアス樹国は同盟を結んでおり、その関係も歴史が古い。

国境の町の関所もほとんど形式的で、殺伐とした雰囲気はなく、活気溢れる交易拠点といった感じである。

他の町と比べると、樹国出身と思しきエルフ族の数が圧倒的に多い。

「カレスライア王国の士爵位のメダルですね。入国の目的はなんでしょうか」

「セントリアス樹国の観光と、同行者の故郷への訪問です」

衛兵に貴族メダルを見せると、あっけなく入国できた。

「水の属性神様の神官ですね、かしこまりました。実り多き滞在になるよう、お祈りいたします」

「ありがとうございます」

樹国側の関所も問題なく通り、マアロの案内で竜車屋へと向かう。

受付も作業をしている職員もほとんどがエルフであり、建物の様式もカレスライア王国とは異なっている。

「首都リアスまで、竜車を二台」

竜車屋の受付でマアロが声をかけると、係の者はさっと台帳に目を通してから頭を下げた。

「リアスまでですね。申し訳ありません。竜車は本日戻ってくる予定でして、明日の朝の出発になるのですが、いかがでしょう？」

「それでお願い」

「かしこまりました。では、明日の朝にまたお越しください」

良一が料金を払い、木札を受け取ってから竜車屋を出る。

「明日まで時間が空いてしまったな」

「久しぶりに樹国料理を食べる」

おすすめの料理屋があると言うマアロに連れられて、ぞろぞろと通りを歩いていると、不意にすれ違ったエルフの女性に呼び止められた。

「そこにいるのはマアロではありませんか」

振り向くと、マアロとよく似たローブを着た神官風の一団が、足を止めていた。

「ミラ！」

知り合いらしく、マアロは驚いて名前を呼ぶが、なぜか冷や汗をかいている。

「やっぱりマアロなのですね。カレスライア王国で巡教をしているはずのあなたが、どうしてこの街にいるのかしら？」

近づいてくるエルフの女性は親しげな笑顔だが、心なしか目は笑っていないようにも見える。

「あなた方は、マアロの同行者の方ですか？」

「はい、一緒に行動をしている石川良一といいます」

「私は水の属性神を祀る神殿の巡教騎士隊に所属している、ミラと申します。そちらのマアロとは同い年で、神殿で一緒に修行（しゅぎょう）を重ねた身です」

「そうなんですね」

ミラは一緒にいた他の巡教隊の面々に断りを入れて先に行かせると、良一達と話をはじめた。

「それでマアロ、どうしてあなたは石川さん達と一緒に旅をしているのかしら？」

「ウンディーレ様のお導き」

「ウンディーレ様の導き？」

要領（ようりょう）を得ないマアロの答えに、ミラは小首を傾げる。

「そういうミラ達は、どうして？」

「まったくもう……私達は、ランデルの街で主神ゼヴォス様をはじめ多数の神々が神託を下したと聞き、神殿長の命でその地に向かっているのです」

ミラの話を聞いて、良一達も少し苦笑いを浮かべてしまう。

「ランデルの地では、ウンディーレ様がゴッドギフトを下賜されたいう話もあります。私達はそのゴッドギフトを手に入れた者の情報も収集する予定なのですが、マアロは何か聞いていませんか？」

「…………」

「皆さん、さっきからどうしたんですか？　気分がすぐれないのですか？」

あまりにもできすぎた展開で、良一達はどうしたものかと顔を見合わせる。

良一には神殿の事情がわからないため、情報を伏せた方が良いのか判断がつかなかった。

「良一兄ちゃんもマアロちゃんもどうしたの？　ランデルの街って、ちょっと前に行ったとこでしょ？　モア、ちゃんと覚えてるよ！」

モアの無邪気な発言を聞き、ミラの眉がピクリと動く。

「マアロ、ランデルの街に行っていたのですか、どうして教えてくれないのです」

場の空気はガラッと変わり、マアロの額が汗でびっしょりになる。

良一はキャリーとココに目配せして、話がこじれてしまう前にミラに少し事情を話すべきではないかと小声で相談した。

「皆さんも何か知っているのではありませんか？　何か事情がおありのようですが、我々も使命のためなのです。どうかお聞かせ願えませんか」

「マアロ、ちょっとだけなら話しても良いんじゃないか？」

良一がそう促すと、マアロは額の汗を拭い、アイテムボックスからウンディーレ様にもらった『清水の神輪』を取り出して見せた。

最初はいぶかしげに様子を窺っていたミラだったが、しばし指輪を凝視した後、これが何かを理解して悲鳴めいた声を上げた。

「いやっ！　マアロ、あなた⁉」

「ミラ、落ち着いて。ここじゃ迷惑になるから、場所を変える」

周囲の人々が何事かとこちらを窺っているため、いまだ現実に戻り切れていないミラの手を引いて良一達は人気のない場所を探す。

話も長くなりそうだったので、宿を取って部屋で話をしようと決めた。

最初に目についた落ち着いた雰囲気の高級宿に二部屋取り、一室でみっちゃんにメアとモアを任せて、もう一つの部屋でミラへの説明をはじめた。

「取り乱してしまって申し訳ございません。今もまだ驚いているのですが」

「無理もない、私も驚きの連続だから」

「あなたがランデルの街でゴッドギフトを下賜されたんですね。どんな偉業を成し遂げたのですか？　同期の中でも優秀でありながら、その捻くれた性格のために神殿を離れたあなたが」

ミラはまだマアロに疑わしげな目を向けている。

「それは、良一のおかげ」

「石川さん、ですか？　申し訳ないのですが、何か偉業を成し遂げた方には見えませんが……」

「まあ、様々な縁がありまして」

「そうなんですか。ところで、このことは他の神殿の神官達は？」

「知っているのは、ランデルの街のごく一部くらい」

「マアロ……これは大問題になりますよ。ウンディーレ様が下賜された『清水の神輪』を所持しているとあれば、大神殿の神殿長になるのも夢ではありません」

「そんなことは望んでいない。これからも良一達と一緒に行動するだけ」

きっぱりと応えたマアロに苦笑して、ミラはため息をつく。

「あなたらしいといいますか……」

それから良一達は、ミラからの質問に答えられる範囲で答えて、なんとか彼女を納得させた。

「マアロ、今まであなたは不真面目(ふまじめ)な友人だと思っていましたが、これからは凄く幸運な友人だと思うことにします」

「全てはウンディーレ様のお導き」

「確かに。ウンディーレ様に感謝を。さて、私は今聞いたことを巡教隊の隊長に伝えねばなりません」

「それは待って」

ミラは少し困った顔でマアロを諭す。

「あなたの気持ちはわかりますが、私も巡教隊の騎士としての役目があります」

「リアスで神官長に直接説明する」

「トーカ神官長にですか、それなら」

「だから、ミラ達は予定通りにランデルの街に行ってほしい」

「……そうですね、それが一番波風を立てずに済む方法でしょう。主神ゼヴォス様の神官の方々に聞いても、詳細な情報は得られないと思いますから、大騒ぎにはならないはずです」

「ミラが友人で良かった」

「まったく……あなたは神殿で修行をしていた時と変わりませんね。トーカ神官長によろしくお伝えください」

「任せて」

なんとなく話がまとまったところを見計らって、良一が疑問を口にする。

「マアロ、そのトーカ神官長っていうのは、マアロの先生みたいな人なのか？」

「そう、私が神殿に入った時から目をかけてくれた優しい人。トーカ神官長なら、何を話しても安心」

「信頼しているんだな」

それから、慌ただしくマアロと別れの挨拶を交わしたミラは、良一達に向きなおってペコリと頭を下げた。

「皆さん、マアロはこの通り食いしん坊で、だらけ癖があって大変かもしれませんが、私の大切な友人です。どうかよろしくお願いいたします」

「その辺は一緒に旅をしてきて、嫌というほど知っていますよ」

良一がそう応えると、ミラは苦笑して部屋から出ていった。

「ミラさんは約束を守ってくれそうだけど、早めにリアスに行った方が良さそうだな」

「それがいいわ。しかるべきところに報告を入れてしまうのが、騒ぎを抑える一番の方法よ」

「結局、マアロさんのおすすめの店には行けませんでしたね」

話し合いが終わって気が抜けたのか、ココが空腹を訴えた。

「今から行っても大丈夫」

「じゃあ、まだ時間もあるから、リベンジしてみるか」

良一達は改めて宿を出て、マアロがおすすめする店で食事をした。

樹国の料理は素朴なものが中心だが、その分素材そのものの旨味を感じられて、とても美味しかった。

翌日、良一達は予約した竜車に乗って、ひたすら首都を目指して進んだ。

街道沿いにはところどころ集落が存在しているが、大きな街などはなく、どこもメラサル島のイーアス村くらいの規模だった。

森の中を抜ける道とはいえ舗装はしっかりしていて、竜車のペースが落ちることはなく、一行は夕方に差し掛かる前にセントリアス樹国の首都リアスに到着した。

「見事なものだな」

首都リアスには、周囲の森の木々とは一線を画す、文字通り山のような巨大樹が一本そびえ立っている。幹の直径が五百メートルにも及ぶその木に寄り添う形で都市が形成されており、太い枝の上にも幾つかの建造物があるのが見える。

一行はマアロを先頭にして、多くの人で賑わう通りを歩く。

やはりエルフの国だけあって、人間や獣人もいるが、圧倒的にエルフが多い。

「そういえば、マアロの故郷は首都から遠いのか？」

「関所からの方が近いくらい。亡者の丘から亡者を防ぐ役割の村の一つ」

「なら、先に故郷の村に行った方が良かったんじゃないか？」

「村には何もない。せっかくだから、メアやモアには樹国で楽しい思い出を作ってほしい」

「そっか」

マアロが見せた意外な気遣いに、良一は少しほっこりした気持ちになった。

「リアスには四つの神殿がある。水の属性神ウンディーレ様、主神ゼヴォス様、森と木材の神ヨスク様、智の神ミチア様。どれも大きな神殿」

「ヨスク様の神殿もあるのか」

森と木材の神ヨスクは、良一がこの世界に来た直後に木工ギルドで加護を得た神である。

「良一君は木工ギルドのギルド員だったわよね？」

「はい。最初にいただいた加護なので、お礼もかねて参拝したいですね」

メアとモアは早速観光に繰り出したいらしく、ソワソワしているが、マアロが窘める。

「もうすぐ日が暮れるから、今日は宿に宿泊して、神殿には明日行く」

「そうだな、じゃあ宿を探そうか」

良一達は人気のある宿を取り、次の日に備えた。

翌日、朝食を食べ終えた後、全員で主神ゼヴォスの神殿に参拝した。

ここでもゼヴォスの神殿は多くの参拝客が祈りを捧げていた。

「――汝に主神のご加護があらんことを」

お布施を払って神官に祝福してもらったが、さすがに神白は現れなかった。とはいえ、これで主神が出した目標の一つを達成したことになる。

続いて一行は、マアロが所属するウンディーレの神殿へと向かった。

「あそこが水の属性神ウンディーレ様を祀る神殿」

マアロが指差した先には、円形の大きな神殿がそびえ立っている。

荘厳なゼヴォスの神殿に比べると装飾は少ないが、水の神だけあって、清廉(せいれん)な雰囲気がある。

「綺麗な神殿だな」

「神官長に怒られて、何度も磨かされた。今思えば良い修行だった」

「そんなこともしていたのか」

マアロを先頭に歩いていると、神殿で働いている神官達が彼女に気づいて驚きの声を上げた。

「おい、マアロじゃないか」

「本当ね、今日はどうしたの？」

数人の神官がマアロに笑顔で話しかけてきた。

「今一緒に旅をしている人達に加護が授けられるように来た。それと、トーカ神官長に挨拶」

「そうか。神官長は他の神殿の神官と話し合いをしているから、先にマアロがそちらの方々に祝福をしたらどうだ？　今なら第二礼拝室が空いているはずだ」

「そうする。皆ついてきて」

良一は他の神官の方々に会釈しながら、マアロの後をついていき、小さな部屋へと入った。

「マアロが祝福をしてくれるのか？」

「そう。私がする」

マアロは清水の神輪を取り出して右手の人差し指に嵌め、左手には杖を持った。

「今回は本気出す」

どうも身内から祝福されるというのは落ち着かない気分になるが、マアロがやる気を漲らせているので、良一達は普段通り片膝をついて頭を下げる。

「私は水の属性神ウンディーレ様に仕えるマアロ・フルバティ・コーモラス。我が神よ、私の前の子供達に神の寵愛を授けたまえ。神の御名において、汝らに祝福があらんことを」

いつも受けている祝福よりも長いなと思っていると、体の奥が熱を帯び、良一は加護が宿ったのを実感した。

「ウンディーレ様の加護を授かったな」

「モアもポカポカした」

「主神ゼヴォスの神殿で発生しました加護らしきものに似た、新たな力場の発現を確認」

「どうやらマアロちゃんのお祈りが凄いのか、全員が加護を授かったみたいね」

キャリーが言うように、全員が加護を授かったらしい。

良一は、さすがに大盤振る舞いすぎではないかと思ったが、悪いことではないので、心の中で静かに感謝した。

そうして、皆で新たに授かった加護について話していると、部屋の扉がノックされた。

「マアロ、帰ってきたの？」

「トーカ神官長、帰ってきました」

礼拝室の扉を開けて入ってきたのは、人間で言うと中年くらいの見た目のエルフの女性だった。長命なエルフなので、実年齢はかなりのものだと推測できる。

「あら、本当にマアロだったのね。突然のことで驚いたわ」

「お久しぶりです、トーカ神官長」

「あなた、少し太ったんじゃない？　ダメでしょ、巡礼に出る前に食べすぎには注意しなさいと言ったのに」

「ごめんなさい」

さすがのマアロも神官長には頭が上がらないらしく、口答えせずに謝った。

「元気そうな顔を見せてくれたので、今回は不問とします。あなたが連れてきたお客様を紹介していただけるかしら？」

マアロに紹介されて、良一達も神官長と挨拶を交わした。

「カレスライア王国のメラサル島からいらっしゃったのね。遠路はるばる、ようこそおいでくださいました」

「こちらこそ、突然大人数で押しかけてしまってすみません」

「神殿は誰にでも開かれている場所です。迷惑なんてことはありませんよ」

「そう言っていただけると幸いです」

「では改めまして、当神殿の神官長を務めております、トーカ・ボタ・キャランと言います。マアロと旅に同行していただき、ありがとうございます」

「マアロには何度も助けていただきましたから」

それから軽く世間話をしたところで、マアロが話を切り出した。

「リアスに来る前に、関所でミラと会った」

「そうだったのね。ミラ達はカレスライア王国のランデルの街に向かったのよ」

「知ってる。ミラに聞いたから」

「あら、じゃあ主神ゼヴォス様が顕現されたのも聞いたのかしら？」

「それも聞いた。さらに言うなら、主神ゼヴォス様が顕現された時に会ったのが、私達」

「まあ、本当なの！」

口に手を当てて驚くトーカ神官長に、マアロは神白からもらった指輪を差し出した。

神官長はそれを受け取り、確かめるように手のひらをかざして目を閉じる。

「とても温かな、主神の神意を感じられるわね」

「主神が顕現された後に、ミカエリアス様から授かった」

「そうなのね」

トーカ神官長はマアロに指輪を返してから、祈るように胸の前で軽く手を組んだ。

「驚いたわ。とても素敵な巡りあわせがあったのね」

「それから、ウンディーレ様からゴッドギフトを授かったのも私」

「本当なの⁉」

マアロは続けてウンディーレから授かった清水の神輪を取り出した。

「ああ、それはまさしく清水の神輪。大神殿に納められているゴッドギフトと全く同じものだわ。なんて澄んだウンディーレ様の神意でしょう」

トーカは涙を流しながら、胸の前で組んだ手に力を込めて祈る有様(ありさま)で、落ち着くまで少し待たなければならなかった。

「五百年生きてきて、これほど驚いたのは人生で二度目です」

五百という年齢を聞いて、良一のみならず、ココやキャリーも驚いた。

しかし良一は、以前マアロが〝自分はエルフとハイエルフのハーフで寿命は五百年〟と言っていたのを思い出し、トーカはハイエルフなのかもしれないと推測した。

カレスライアに在住する一般的なエルフの寿命は三百年らしいが、エルフの中には平均年齢が五百歳を超える部族もいるそうなので、一概に特別とは言えない。それにしても、一般的なエルフに比べ年齢よりも若く見える。

「良一と旅を続けたおかげで、下賜された」

「そう、マアロも良い旅をしてきたのね」

「それで神官長、私はこれからも良一達と旅を続けたい」

「突然会いに来た理由がわかったわ。もちろん、これからもあなたの思うとおりに生きればいいわ。神殿でのことは私に任せて、ウンディーレ様の意志に身を委ねなさい」

「ありがとうございます」

慈愛に満ちた微笑みをマアロに向けた後、トーカは良一の手を取って頭を下げた。

「石川さん、これからもマアロのことをよろしくお願いします」

「大したことはできませんけど」

「ところで、これは神官長ではなく、一個人としての言葉ですが……石川さんは地球という世界からやってきたのではありませんか？」

「えっ⁉　どうしてわかるんですか」

異世界から来たというばかりか、具体的に地球と言い当てられて、良一は驚愕する。

「三百年前の魔王討伐の際に、私も地球と呼ばれる世界からやってきた勇者様の従者として頑張ったのですよ」

さらに驚くべき事実が判明し、全員、開いた口が塞がらなかった。

「勇者様は魔王を討伐なさると、神の御業によって元の世界に帰られました。その時、従者の皆に〝もし同じ地球から来た人がいたら、助けてやってほしい〟と言葉を残して去られたのです」

「そうだったんですね」

「これまでも何度か、地球からやってきた方を手助けしたこともありますよ」

「すみませんが、何かあった時は、ご助力をお願いします」

「ええ、かしこまりました」

マアロはもう少しトーカ神官長と話すと言って神殿に残り、良一達は先に他の神殿を回ることにした。

「じゃあ、用が済んだら宿で集合しよう」

「夜はおすすめの店を教える」

そう言って張り切るマアロを残し、神殿を後にした良一達は、智の神ミチアの神殿を目指した。

ミチアの神殿は図書館のようになっているから一見の価値ありだとマアロから聞き、メアが楽しみにしている。

「確か、メアが見たいって言っていた、図書の樹も隣接してるんだっけ？」

「そうです。あの大樹の根っこに、神殿と併設されているみたいです」

そうして大樹を目標に進むと、ランデルの街で見かけたのと同じような、ローブ姿の学生が増えてきた。

「智の神というだけあって、学問が盛んそうだな」

「ええ。大樹の学び舎と言えば、世界屈指の名門よ」

「ミチア様の神殿で神官の方に祝福を授かると、閃きが得られると言われていて、学者の方が連日のように参拝するんです」

「そう。学割とでも言えばいいかしら？　学者のお布施は凄く安くなっているから、余計に参拝客のリピート率が高いのよ」

キャリーがココの説明を補足した。

「それで参拝者が多いんですね」

ミチアの神殿は石造りの質実剛健な建物で、良一にとっては神殿というよりも外国の学校という印象だった。

「智の神ミチア様の加護はメアちゃんにふさわしいと思うわ」

「はい。もし授けていただけるなら、嬉しいです」

そんなことを話しているうちに、祝福の順番が回ってきた。

「次の方」

「意外に早かったな」

「合格祈願の方でしょうか？」

種族も年齢もバラバラな良一達が珍しかったのか、神官が小さく首を捻った。

「いえ、ただの参拝です」

「それは失礼しました。お子様がいたので、つい。では、膝をついてください」

良一の答えに苦笑を浮かべた神官が、咳払いを一つしてそう告げた。

「汝らに祝福があらんことを」

神官から祝福を受けたものの、今度は加護を得られた感触がなかった。

そうそう何度も都合良くはいかないかと素直に諦め、良一は神殿を後にする。

「どうだった、メア？　加護は授かることができたか？」

「はい、加護を授かることができました」

「モアもまたポカポカってした」

「私も再び体内で新たな力場を確認しました」

どうやら、メア、モア、みっちゃんの三人は加護を授かったらしい。

「モアとみっちゃんも授かったのか、ラッキーだったな」

「おめでとう、メアちゃんにモアちゃん。これから加護に恥じないように勉強をしなきゃね」

「はい、良一兄さんのお役に立てるように勉強を頑張ります」

「モアも頑張る」

「じゃあ、隣の図書の樹に行ってみよう」

「はい」

神殿に併設された図書の樹と呼ばれる場所は、大樹の根っこの内部にできた空洞を利用した施設で、多くの学者や学生で賑わっていた。

壁の本棚の前で本を読みながらブツブツと独り言を言っている人や、大人数で紙に向かって公式を書きこんで論議している人達など、個性あふれる利用者達がいる。

「どうする？　あまり大人数で動くのは迷惑そうだから、少し別行動して中を見て回るか」

「あの、じゃあ、あっちを見てきてもいいですか？」

「よし、一時間ほど分かれて、自由行動にしよう」

メアは早速本棚を見て回るようで、みっちゃんに同行を頼んだ。

キャリーやココも、それぞれが興味あるジャンルの本が置かれている場所を司書に尋ねている。

「モア、俺達は絵本か物語がある場所にでも行こうか」

「うん、どこにあるんだろうね」

辺りを見回すが、蔵書が多くてすぐには見つからない。

自力で探すのは諦めて、キャリー達と同じように受付の司書に聞いてみると、絵本が置かれている場所を教えてくれた。

「たくさんの絵本があるんだな。モアはどれが読みたい？」

「うーん、良一兄ちゃん、これ読んで！」

モアが選んで差し出してきたのは『ドラド王の冒険』というタイトルの絵本だった。

「じゃあ、あそこのベンチに座って読もうか」

「わーい！」

モアと並んでベンチに腰かけて、絵本を開く。

この物語は、主人公ドラドが悪い魔法使いにさらわれたエルフのお姫様を助け出す話で、最後は自分が王様になってお姫様と幸せに暮らしました――というありがちな内容だった。

それでもモアは満足したのか、また次の絵本を探しに行くと言って、本棚の前で楽しそうにあれこれ物色している。

「あら、良一君とモアちゃんはここにいたのね」

ベンチに座ったままモアを見守っていると、キャリーが声をかけてきた。

「キャリーさん。お目当ての本はあったんですか？」

「ええ、でもちょうど誰かが持ち出していたみたい。それで、皆が何を読んでいるのか気になって、見て回っているのよ」

「それは残念でしたね」

「あら、ドラド王の冒険を読んであげていたの？」

「はい。絵は綺麗でしたが、内容はよくある話みたいですね」

「そうねえ、でもその話、実話をもとにしているのよ？　ただし、事実の半分しか書かれていないけどね」

「へえ、それは意外でした。でも、どうして半分なんですか？」

「そのドラドが王様になった国っていうのが、良一君が近くまで行った亡者の丘なの」

「あの亡者の丘ですか。確かに、お城みたいなものが見えました」

「それよ」

「じゃあ、書かれていない事実の半分っていうのは――」

「悪い魔法使いに浴びせられた呪いが原因で、ドラドは最愛のエルフの姫を殺してしまい、王国は亡者の棲処（すみか）になってしまった――というのが真実」

「後味が悪いですね」

「だから子供向けの絵本では、エルフの姫と結婚したところで終わるものが多いの」

キャリーと話したり、モアが持ってきた絵本を読んだりしていると約束の時間になったので、メア達と合流して食事にすることにした。

昼食を終えた良一達は、ヨスクの神殿に向かった。

「参拝の方はこちらにお並びください」

「木工ギルドにご用の方はこちらです」

「おーい、こっちに木材を運んでくれ」

ヨスクの神殿は職人の姿が多く、ミチアの神殿とはまた違った性質の活気に溢れていた。

「ヨスク様の神殿は凄いな」

「ええ、やっぱり職人が信奉する神の神殿は、多くの神殿とは違った雰囲気があるわ」

「そうですね。ここにいる人達を見ていると、イーアス村を思い出します」

職人風の参拝者が多いだけでなく、神官の姿も今日訪れた他の三つの神殿と違って、逞しい体格の者が多かった。

「歳をとり、ギルドの仕事はできなくなった人達が、今までの加護への感謝として、神官のお手伝いをすることが多いのよ」

参拝の列はスムーズに進んで、良一達は神官の前まで行った。

「ようこそ、森と木材の神ヨスク様の神殿へ」

「ヨスク様の祝福をお願いします」

「失礼ですが、木工ギルド員の方ですか？」

膝をついた良一に手をかざしながら、神官が尋ねた。

「わかりますか？」

「ええ、ヨスク様の加護を感じますので」

「そうなんですね」

「では、敬虔（けいけん）なギルド員と皆様にヨスク様の祝福を」

良一は祝福を受けながら、イーアス村での出来事を懐かしんだ。

異世界に来て右も左もわからず、木工ギルド員になって木こりの修業をしていたのが、今や貴族の端（はし）くれになっているとは、当時は考えもしなかった状況である。

しみじみとした気分になりながら、良一は神殿を後にした。

職人系の加護は神官の祝福では授からないそうで、新たに加護を授かった者はいない。

「さてと、まだ時間があるな。この後はどうしようか」

「良一兄さん、私は図書の樹にもう一度行ってみたいんですが」

確かに、一時間やそこらの滞在時間では、じっくり本を読むには短すぎる。

「そうか、モアはどうだ？」

「モアは、もっと街を見て歩きたい」

「じゃあ、また別行動だな。みっちゃん、メアと一緒にまた図書の樹に行ってもらえるか？」

「かしこまりました」

「メア、夜はマアロのおすすめの店に行くらしいから、遅くならないうちに宿に戻ってこいよ」

「わかりました。みっちゃん、行きましょう」

そうして二人は連れ立って図書の樹へと向かった。

それから良一達は、思い思いに街を散策した。

露店（ろてん）では商人が客寄せする声が響き、街の至る所で楽器を持った音楽家が演奏していて、随分賑やかである。

「なんだか想像していたエルフの国とイメージが違うな」

イメージのギャップに首を捻る良一に、隣を歩くココが尋ねる。

「良一さんは、一体どんな国を想像していたんですか？」

「深い森の奥でエルフ族だけでひっそり暮らして、自然の恵みに感謝しながら慎（つつ）ましやかな生活を送っているような……」

「なるほど……わからなくもないですが、今まで会ったエルフ族の方で、そんな方はいましたか?」

ココに指摘されて、良一は今まで会ったエルフを思い出す。

真っ先に顔が浮かぶのはマアロとミレイア。他にも、あまり話したことはなかったが、海賊バルボロッサを討伐した時に同乗していた船員や、ドラゴンゴーレムを倒した時の騎士団にも、少ないながらエルフ族がいた。

しかし、マアロを除けばいずれも活発な人達ばかりだ。

マアロも口数は少ない方だが、はっきり言って物静かというよりはだらけ癖があるだけだと、これまでの付き合いで理解している。

「思い浮かべましたか?」

「改めて考えると、俺の勝手なイメージだったんだな」

「まあ、良一さんがさっき言っていたような方々もいますが、少ないでしょうね」

「そうなのか」

少しばかり残念な気分になりながらも、良一達はそうして首都リアスを堪能(たんのう)したのだった。

良一達は一度宿に戻ってゆっくりした後、メアやマアロと合流して、晩ご飯を食べに出た。

「神官長も夕食に同席したいと仰ってるんだけど、大丈夫？」

「俺は問題ないよ」

他の皆も拒否しなかったので、トーカ神官長と一緒に晩ご飯を食べることになった。

これから行く料理屋にはすでにマアロが話をつけてきたらしく、準備は万端なようだ。

「こっち」

マアロの後をついていった先は、ウンディーレの神殿の近くだった。

「神殿の近くの店だったんだな」

「よくトーカ神官長に連れてきてもらった。美味しくて、量が多くて、お手頃な値段」

「旨い、多い、安いの三拍子か」

「そう。あそこのお店」

マアロが指差したのは、神殿に続く通りから一本外れた道に面した、少々古びた建物だった。

「主人、皆を連れてきた」

「マアロちゃん、いらっしゃい。お連れの方々もごゆっくり。腕によりをかけて作りますんで」

「よろしくお願いします」

「奥のテーブルを用意しておいたから」

「わかった」

マアロが慣れた様子で奥のテーブルまで進み、皆に座るように促す。

「私はトーカ神官長を呼んでくる」

そう言って、マアロは小走りで神殿へと向かった。

その間に料理屋の主人はサラダや小鉢(こばち)などの前菜を手際よく並べていく。

「マアロはこちらによく来ていたんですか？」

「神殿で修行をしていた時は、トーカさんやミラちゃんっていう同期の子とよく来てくれていたね」

「じゃあ、結構常連だったんですね」

「マアロちゃんは本当に美味しそうに食べてくれるから、作り甲斐(がい)があるよ」

昔を思い出したのか、自然と主人の顔から笑みがこぼれる。

そんな話をしているうちに、マアロが神官長を連れて戻ってきた。

「皆さん、今晩は私も夕食に参加させていただいて、ありがとうございます」

「こちらこそ、ご一緒できて光栄です」

「石川さん、そんなに改まらなくても、いいんですよ」

全員が揃ったところで乾杯し、料理に手をつける。

いつの間にか、食卓にはマアロが好きだという料理が所狭(ところせま)しと並んでいた。

関所の街で食べたエルフ料理同様、素材の旨味を生かした料理だったが、少し味付けが凝っていて、スパイスや香草の匂いが食欲をそそる。おそらく、他の国の料理の素材や手法を取り入れてアレンジしているのだろう。

良一としては、こちらの味の方が好みだった。

少し複雑な味なのでメアやモアの口に合うか心配したものの、二人とも美味しい美味しいと言って頬張っている。

マアロも久々に食べるお気に入りの料理に満足そうで、お酒が入ったこともあって、トーカ神官長との会話も大いに弾んだ。

マアロが修行中にしでかした不祥事や失敗談などを聞くと、昔から変わっていないんだと、良一達にも容易に想像できた。

「今日はとても楽しい夜だったわ」

最後のデザートを口にしてまったりしながら、トーカ神官長が満足げに呟いた。

「こちらこそ、楽しい食事でした」

「やっぱり、地球の方は温かくて柔らかい雰囲気があるわね。マアロが石川さんについていきたくなるのも頷けるわ。これからも彼女をお願いしますね」

お酒も入って、神官長は終始笑顔で饒舌だったが、最後の言葉を言う時は、良一の目を見て真剣な表情だった。

「わかりました」

「ふふふ、勇者様と同じですね」

最後にぽつりと呟いた言葉は、良一だけにしか聞こえなかったが、歳に見合わない、少女のような雰囲気があった。

結局、良一達は首都リアスに三日滞在してから、マアロの故郷へと向かうことにした。

滞在中は、元々ここで生活をしていて土地勘のあるマアロが隅々まで案内してくれて、充実した時間になった。

「楽しくてあっという間だったな」

良一達は馬車屋に向かう道すがら、お土産を買っていた。

「良一兄ちゃん、お人形さんを買ってくれて、ありがとう」

「ありがとうございます。良一兄さん」

モアが抱きしめているのはマアロが案内した商店に売っていたもので、古くからあるリアスの名物土産だ。

なんでも、『ドラドの冒険』の絵本に出てくる悪い魔法使いの呪いを、身代わりになって防ぐという謳い文句だったので、全員に一個ずつ買った。

「この歳で人形は少し恥ずかしいですが、ありがとうございます」

　ココは少しはにかみながらも嬉しそうだ。

「私も大切にするわよ？　良一君のプレゼントだもの」

「大切にしてください」

　せっかくココと少し良い雰囲気になりそうだったが、キャリーに水を差されるのはお約束だった。

「マアロ、故郷までは馬車でどのくらいかかるんだ？」

「馬車に乗るのは半日だけ。私の故郷は街道から外れた結構辺鄙な場所にあるから、途中から歩いた方が結果的に早く着く」

「そうなのか」

「まあ、任せて」

　馬車屋へと向かうマアロはいつもより張り切った様子だ。

　馬車に乗り込み首都を出て半日ほどで、中継地の村へと着いた。

　そこから二日ほどかけて、未舗装の小道に沿って小山を越え、川を渡って歩き続けると、ようやくマアロの故郷である村へとたどり着いた。

「ここが私の故郷のモラス村」

モラス村は、良一が当初想像していた〝森の中でひっそり暮らすエルフの村〟そのものだった。

背の高い木々に囲まれ、その間に柵や堀を巡らせて外敵の侵入を阻んでいる。自然を生かした村だ。

村の門に近づくと、門番をしているエルフの男がマアロに気づいて声をかけた。

「マアロか？」

「ただいま、ムロナ」

「後ろの人達は仲間か？」

「そう」

「そうか、入れ」

門番は口数少なくて、いかにも良一がイメージしていた通りの、物静かなエルフといった感じだった。

一行が村へと入るとすぐに、外を出歩いていた住人達が次々と近寄ってきた。

「あら～、マアロちゃんじゃない。相変わらず小さいわねえ、ちゃんと食べてるの」

「帰ってきたのか、マアロ、よう来たよう来た」

「パアロさんも喜ぶわ。いつも心配していたのよ」

見た目は三十代ほどの美形エルフの男女がマアロを囲んで、もみくちゃにする。

皆若々しい外見の割には、どうも年寄り臭い口調の者が多いので、エルフ族的には老人なのかもしれない。

少しすると、必然的に集団の興味はよそ者である良一達へと移った。

「あんた達はマアロちゃんの友達かい？」

「おや、また可愛い娘が多いわね」

「まさか、兄ちゃんはマアロちゃんの彼氏か何かかい？」

すぐに質問攻めに遭い、ご老人達のパワーに圧倒されていると、貫禄のある声が響いた。

「マアロ、帰ってきたのか」

「ただいま、父さん」

どうやらこの人がマアロの父親のようだ。

周囲の人々が口々に「村長さん」と呼んでいるので、この村の村長らしい。

「マアロが帰ってきて喜ばしいのはわかるが、客人が困惑しているだろう。後でちゃんと機会を設けるから、一旦解散してくれ」

村長の号令で、集まった人達は元の生活に戻っていき、静かな村の雰囲気が帰ってきた。

皆、文句一つ言わずに村長の言葉に従うところからも、彼の人望の厚さが窺い知れる。

「疲れただろう、ゆっくりしていけ」

「わかった」

村長は良一達に向きなおると、真顔で握手を求めた。

「モラス村の村長をしているパアロだ。精一杯もてなそう」

表情の変化に乏しいところは、マアロに似ているとも言える。

「お世話になります。石川良一です」

「皆、家はこっち」

挨拶は後でとばかりに、マアロが先頭に立って実家に案内する。

モラス村には宿屋はなく、行商人や国の兵士が村に訪れた際には、村長であるマアロの実家の離れに宿泊させているそうだ。

「マアロちゃんのお家はどんなの？」

「モアのところの百倍ぐらい大きな家」

「えー、本当に⁉」

本当に百倍かどうかはともかく、村長の家ならかなり立派であるのは間違いない。

「それにしても、マアロは人気があるんだな」

行く先々で会う人に手を振られ、声をかけられるマアロの姿を見て、良一が意外そうに呟く。

「皆仲良し」

「俺には見た目でエルフ族の年齢の判断がつかないけど、結構な年配の人もいるんじゃないか？」

「平均で三百歳、中には四百歳もいる」

そうはいっても、ここは亡者の丘からやってくる亡者を食い止める村の一つで、先ほどマアロを囲んでいたエルフ達も、まだ現役で弓を持って戦っているらしい。

「トーカ神官長と同じで、年齢不詳だな」

「この村の皆は、トーカ神官長に世話になっている」

「そうなのか？」

「亡者の丘から亡者が押し寄せてきた時に、回復魔法や水魔法で何度も村の窮地を救ってくれた」

「じゃあ、トーカ神官長は村の救世主ってわけか」

「そう。だから、私がウンディーレ様の加護を授かって生まれた時には、皆が祝福してくれた」

そして村の中でも一番大きな屋敷の前で、マアロは足を止めた。

「ここが私の実家」

「あら、とても立派なお屋敷ね」

マアロに促されて中に入ると、玄関や廊下も広く、大人数で訪れても全く問題ないくらいに余裕のある家だった。

「あらあら、マアロ！　いつ戻ったの⁉　帰りを知らせる手紙は来ていたかしら？」

「ただいま、母さん。手紙は送ってない」

「そうなのね、後ろの方々はマアロのお友達？」

「一緒に旅をしている仲間と、とても大切な人」

そう言いながら、マアロはちゃっかり良一の腕に自分の腕を絡(から)める。

母親の前とあって、無理に引きはがすわけにもいかず、良一はやんわりと腕組みを外そうとするが、マアロは動じない。むしろ腕にさらに力を込めて、良一の体にもたれかかってくる。

「まあまあ、今夜はお赤飯ね！　お父さんにも秘蔵(ひぞう)のお酒を出してもらわないと」

「今夜は宴会」

早速勘違(かんちが)いしたマアロの母が張り切りだしてしまったので、ココは暴走(ぼうそう)するマアロを止めようと、小声で窘める。

「マアロ、誤解を与える言動は慎(つつし)んでください」

「ココ、私はお母さんに何も誤解を与えていない。これは言いがかり」

「その顔は悪いことをしている時の表情ですよ」

「弟にも紹介する」

「ちょっと、マアロ」

しかしマアロはココの制止を軽く流し、良一の手を引いて、どんどん家の奥へと進んでいく。

「テリンなら自分の部屋で勉強しているわよ～」

「わかった」

マアロは廊下の先にある一室の前で足を止めると、乱暴に扉をノックする。

「はい？」

「テリン、入る」

「えっ⁉　ね、姉さん？　ちょっと待って！」

中で少しドタバタとする音が聞こえるが、マアロは構わず扉を開けて中へと入った。

部屋の中にはベッドと大きな本棚があり、反対側の壁には数丁の弓と矢が飾られている。

窓際の机で何かしていたらしい男の子が、驚いて椅子から立ち上がってこちらを見た。

顔立ちはマアロに似ていることから、彼がマアロの弟で間違いなさそうだ。

「姉さん⁉　母さんは何も言ってなかったのに……その男はなんですか」

マアロの顔を見て嬉しそうな笑みを見せたのも束の間、姉が見知らぬ男と腕を組んでいるとわかって表情がみるみる険しくなっていく。

「年頃の姉さんが、みだりに男と腕を組むなんて！」

テリンは足早に近づき、マアロから良一を引き離そうと躍起になる。

「どういうつもり、テリン？」

「姉さんこそ。だいたい、なんですかその男は」

「良一。私の大切な人」

「大切な人……」

絶句するテリンを尻目に、マアロは再び腕を組もうとしてくるが、さすがにこれ以上続けて彼の神経を逆撫でするの得策ではないと判断し、良一は追ってきたココの側へと移動してやり過ごした。

「僕はそんな男は認めませんからね」

「私は生涯、良一についていくと決めた」

テリンの表情が心配になるほど絶望に染まり切っているのに、マアロはまるで気にしていない。

「マアロ、村に帰ってきてからなんだかおかしいぞ」

「姉さんを馴れ馴れしく名前で呼ぶな！」

もはやこの場にいるだけで話がややこしくなりそうなので、良一は説明をココに任せて一旦部屋から退散した。

一人でうろつくわけにもいかず、どうしたものかとその場で佇んでいると、父親のパアロがやってきた。

「石川君、どうしたんだ」

「いえ、テリン君に妙な誤解をされてしまったみたいで……ほとぼりが冷めるまで廊下で待っているんです」

「そうか、なら少し付き合ってもらえるか」

「わかりました」

良一は何に付き合うのかは聞かず、パアロの提案に頷いて後に続く。

「モラスは、亡者の丘からの侵攻を食い止める役割を負った村なのだ」

「そのことはマアロから聞いています」

「長年、亡者の襲撃を退けていると、奴らの些細な変化にも気づくようになる。危険に対する感覚が研ぎ澄まされる、とでも言おうか……最近、どうもきな臭くてな」

そう語るパアロの真剣な表情に何かあると感じ取り、良一は踏み込んだ質問をする。

「……何か起きる前兆でもあるんですか？」

「ああ。あと半月ほどで亡者が襲撃してくるだろう。それも小規模ではなく、数十年に一度という大規模な襲撃になると読んでいる」

パアロが廊下の突き当たりにある扉を開けると、そこは室内修練場だった。

広い板の間で、壁に手入れの行き届いた斧が何本も掛かっている以外に何もない。

「客人として招いたのに申し訳ないが、マアロが認めた者達ということで……助力を頼みたい」

パアロはそう言いながら上着を脱いでシャツだけになり、壁に掛けられた練習用の木製の手斧を差し出した。

「村長として、己を鍛えてきた。一手、手合わせしてもらえないか」

「どうして自分が斧を使えると？」

「私も、森と木材の神ヨスク様の加護を得ている」

パアロは自分も練習用の手斧を手に取り、修練場の中央で構える。

良一もここまで来たならと、手早く上着を脱いで試合に応じた。

「いざ」

試合開始の合図とともに、パアロは力強く踏み込み、手斧を振るってくる。

最近は良一も剣を使うことが多くなってきたが、イーアス村で教わった基礎の動きは体に染みついている。さらに、キャリーやココとの手合わせで磨かれた戦闘技術を応用し、攻撃をいなして反撃を試みる。

しかし、パアロも伊達に長い年月、亡者との戦いに身を置いているわけではない。ココ以上に淀みなく洗練された動きと、キャリー以上に老練な駆け引きで、今まで良一が手合わせしてきた中でもダントツに強者と言える。

普通に打ち合っても手も足も出せず、反撃するどころか、致命傷を避けるだけでも、良一には精一杯だ。

「精霊魔法も使うのだろう？　遠慮はいらない」

「では」

パアロの言葉に反応し、良一はすぐさまリリィとプラムに援護を頼む。

二体の精霊は部屋が壊れないように加減しながら、次々に魔法を行使していく。

精霊魔法のおかげでパアロの行動を封じ、なんとか均衡状態に持ち込めた。

良一は打ちつけられた手斧を力任せに弾き返そうとするが――びくともせず、逆にジリジリと押し込まれる。

衰えを知らぬエルフ族の肉体は、単純な力比べでもステータス強化された良一を上回っているらしい。

一進一退の攻防は、修練場の扉が開いたことで突然終わりを迎えた。

「お父さん、こんな所にいらしたんですね」

マアロの母が、修練場へと入ってきたのだ。

「いきなり入ってくるな」

「ちゃんとノックしましたよ。集中しすぎて耳に入らなかったんでしょ」

「頃合いか。良い試合だった。感謝する。少し休むと良い」

戦いの手を止めたパアロは、良一に一礼して壁に斧を戻した。

「こちらこそ、ありがとうございました」

良一もなんとか息を整えて礼を返すが、額からは大粒の汗が流れている。

パアロはうっすらと浮かんだ汗をタオルで拭うと、上着を羽織って修練場から出て行った。

「ごめんなさいね、無愛想な人で」

マアロの母は良一にタオルを渡しながら苦笑する。

「いえ、こちらこそ、ドタバタしてしまって」

「あの人、前からマアロが男性を連れてきた時は、実力を確かめるって言っていたのよ?」

「それは誤解でして」

パアロは襲撃を予見して実力を確かめるために手合わせを願ったのだとばかり思っていたが、そんな感情も混じっていたのかと、良一は少し驚いた。

「わかっていますよ。でも、あんなにもマアロが楽しそうなんですもの。あの人も少しだけ嫉妬してしまったみたいね、ホホホ」

タオルを受け取って、マアロの母親と少し世間話をしていると、再度扉が開いてテリンを先頭にココやマアロがやってきた。

「父さんが実力を認めても、僕はまだ認めていないぞ。僕とも勝負だ」

ココの説明でなんとか誤解が解けて、一時は落ち着きを取り戻したテリンだったが、パアロが良一を認める旨の発言をしたと聞いて、また怒りの感情に火がついてしまったのだ。

少しの休憩を挟んだ後、良一はテリンとも試合を行なった。

連日パアロに稽古をつけてもらっているらしく、体も鍛えられていたが、先ほど手合わせした村長にはまだまだ及ばない。

試合は良一が辛勝したものの、二試合してすっかりヘロヘロになってしまった。

マアロが汗を拭おうとタオルを持ってくるが、これ以上火に油を注いではいけないと、メアが取り上げて良一の世話をしてくれた。

「これで、テリンも石川さんの実力を理解できたでしょうし、私は夕食の準備をしてきますね。離れは好きに使ってくださいな。今は行商人の方もいないから」

良一達はマアロの家の離れに案内され、夕飯までしばし休ませてもらうことにした。


夕飯と聞いて、良一は家庭的なものを想像していたが、実際行ってみると、大きな広間での宴会だった。マアロの家の者だけでなく、村の住人が大勢招かれている。

「では、今宵の宴を楽しもう」

村長の乾杯の音頭で宴会は始まった。

村民は代わる代わるマアロや良一達に話しかけてきて、総じて歓迎ムードだ。

　モアやメアは早速村の子供達と仲良くなっており、キャリーやココやみっちゃんも女性達と楽しそうに話していたが、いつの間にか良一だけは、若いエルフの男性に囲まれて妙なプレッシャーをかけられていた。

「お前がマアロの大切な男か」

「村長と試合をしたんだってな？　ボコボコにされたんじゃないのか？」

「どうして人間の男なんかに――」

　どうやら彼らはマアロに思いを寄せていたり、妹のように可愛がっていたりしていた連中らしく、テリン同様に良一に複雑な感情を抱いているようだ。

　居心地の悪さを感じていると、すぐにマアロの両親が助け船を出してくれた。

「石川君、隣をいいかな」

「もちろんですよ」

　村長夫妻が、良一の隣に腰を落ち着けたので、若い男連中は渋々離れていった。

「男衆も悪気があるわけではない。後できちんと説明しておく」

「それは是非お願いしたいですね」

　これからの滞在中、ずっとこの調子では気が休まらないというものだ。

「そういえば、妻を紹介していなかったな」

「マアロとテリンの母の、マリーナです」

「石川良一です。カレスライア王国の士爵ですが、マアロさんと一緒に旅をしています」

「マアロから聞いた。マアロも運の良い子だと思っていたが、それにしても驚いた」

「本当にねえ。久しぶりに帰ってきたと思ったら、海の大母神様の加護をいただいたり、精霊と契約したりしているんですもの」

どこまで詳しく話したのかわからないが、マアロも一緒に旅をしてきた仲なので、うまく伝えてくれているだろう。

それから良一達は、旅をしている時のマアロの様子や、小さいころのマアロについての話をしながら食事を楽しんだ。

しかし、そんな和やかな宴の最中、突然外から鐘の音が聞こえた。

鐘は高い音と低い音の二種類があり、カーンと響かせる音とカンと短く区切る音を一定のパターンで繰り返している。モールス信号のように、この組み合わせで内容を知らせているみたいだ。

束の間、皆会話と食事の手を止めて鐘の音に耳を傾けていたが、内容を読み取ったパアロは肩の力を抜いた。

「知らせの鐘の音だ。隣村に亡者の襲撃があったが、無事に退けたそうだ」

「亡者の襲撃……ですか」

「小規模なものはたまにあることだ」

「まさか、修練場で仰っていた襲撃の予兆ですか？」

「それとも関わりがある。他の村は時々襲撃があるのに、この村はもう一ヵ月ほど襲撃がない。明らかに異常だ」

「そうね……この嫌な感じは大襲撃の前のものね」

マリーナも頬に手を当てて心配そうに眉をひそめた。

「しかし、石川君がいれば心強い。実力は確かめさせてもらったが、マアロの伴侶に相応しいな」

「ええ、とても頼りになるわ」

「あの、誤解だって説明してくださいね？」

最後に少しだけ不安な気持ちにさせられた良一だった。


宴の翌日から、良一達は村にしばらく滞在し、ゆっくりした時間を過ごした。

パアロ村長は約束通り良一のことを村民に説明したらしく、一部の男衆は良一に非礼を詫びた。それでもまだ納得がいかない者も何人かいて、相変わらず疑わしげな視線を向けてくる。

しかし良一も村長邸以外ではマアロに馴れ馴れしくさせないように気をつけているので、いずれ誤解は解けるだろうと放置していた。

メアやモアは同い年ほどの子達と仲良くなって森で遊び、ココやキャリー、みっちゃんも本を読んだり、剣を振るって修業したりして、皆思い思いに過ごしている。

良一も空いた時間にリリィやプラムと精霊魔法の連携を確かめるなどして、鍛錬に余念がない。

「今日も鐘が鳴っているな」

「そうね。少しずつ間隔も狭まってきている気がするわ」

モラス村に来て半月が経とうというある日。良一とキャリーが村の広場で話していると、他の村で襲撃を受けたことを知らせる鐘が鳴った。

当初はだいたい三日おきに鳴っていたが、最近は二日おきになり、昨日、今日は連続して鳴っている。

「なんだか、このところ少し村の雰囲気が変わってきたと思いませんか？」

「そうね。皆、普段から臨戦状態みたいな感じで、ピリピリしているわ」

そんなことをキャリーと話していると、村の入り口の方が騒がしくなった。

「村に誰かが来たみたいですね」

人だかりができているので、良一達もそちらに足を向ける。

「あの鎧は神殿の騎士団かしら。意匠から見て、水に関する神殿ね」

新たにやってきたのは武装した兵士達で、人間や獣人も何人かいるが、多くがエルフだった。

　その中でも特に多くの村民に囲まれていたのは、首都リアスにある水の属性神ウンディーレを祀る神殿の神官長、トーカだった。マアロの言葉通り、この村の人々からとても慕（した）われているようだ。

「トーカ神官長がいますね。キャリーさんの考えが大正解みたいですよ」

「あら、石川さんにオレオンバーグさん、半月ぶりですね」

　トーカが良一達に気づき、会釈する。

「お久しぶりです、トーカ神官長」

「他の方々もお元気ですか？」

「ええ、村の方々にも良くしていただいて、楽しく過ごしています。トーカ神官長はどうしてこちらに？」

「亡者の丘からの大襲撃の予兆があると聞き、応援に駆け付けたのです」

「そうなんですか」

「私の故郷はこの村よりもさらに亡者の丘に近い場所にあったんです。ですが、昔の大襲撃の際に侵攻を食い止められずに、滅びてしまいました。その時生き残った村民達がこの村を立ち上げたので、この村は私にとって第二の故郷のようなものなのです」

　こうして、トーカ神官長率（ひき）いる神殿騎士有志とモラス村出身の冒険者の合わせて二十名ほどが村に滞在することになり、いよいよ物々しい雰囲気に包まれた。

トーカ達が村に到着して二日後。遂にその時が来た。

低い鐘の音だけがカーンカーンと繰り返し響き渡った。

「亡者が来た」

マアロの発言で、良一、ココ、キャリー、みっちゃんの四人は戦闘準備を整えて村の広場に集まった。

メアやモアは村の戦えない人達と一緒に村長邸に避難してもらっている。

「皆の予想通り、亡者が大規模な襲撃をかけてきている」

広場では革鎧を身につけ弓矢と斧を携えたパアロ村長が、集まった村民に対していつもとは違う緊迫感のある声を張り上げて号令している。

「しかし、今回はトーカ神官長や有志の冒険者諸君に加え、マアロや頼もしい精霊術師の方々もいる」

「「おお！」」

「今回も亡者共を退けて、皆で無事に明日を迎えよう」

「「おおー！」」

弓や剣を持つ手を突き上げて、全員の戦意は高まっている。

村民達は慣れた様子で自分の持ち場へと散らばっていく。

「じゃあ、私達も行きましょうか」

「気を引き締めないといけませんね」

キャリー達と良一が受け持った場所は、村を出て数十分ほどのところにある平原だった。

通常時であれば村の付近で待ち構えて亡者を取り囲み、一網打尽(いちもうだじん)にするのが定石(じょうせき)らしいのだが、大襲撃の際には村を覆い尽くすほどの数がいるため、村に近づかれる前に迎え撃っていく。

平原にたどり着くと、既に多くのエルフが亡者の丘の方を見据(みす)えて整列していた。

「大量の亡者を確認、推定数は五千以上です。こちらの防衛戦力は五百十一です」

「五千か……多すぎるな」

「魔法で数を減らしましょう」

みっちゃんが望遠(ぼうえん)機能で見た映像を腕時計型デバイスに転送してくれたもので確認してみると、多数の亡者がこちらへと歩み寄ってきているのがわかる。

亡者達の肌は青白くてまるで生気(せいき)を感じないが、意外にも肉体は筋肉に覆われてガッシリとしている。

――村長の説明によると、亡者は皆、過去のドラド王国の住人らしい。

呪いによって精神を蝕まれた国王は、家臣を殺して王都に火を放ち、全てを灰に変えてしまった。

そのドラド王も最後は自ら剣で胸を突いて命尽きたのだが、呪いはその後もドラド王国に災いをもたらし続けた。

死んだドラド王を筆頭に、優秀な家臣や兵達が次々と亡者として蘇り、王都から逃げ遅れた民を襲ったのだ。

やがて、燃え落ちて廃墟と化した王都は、おびただしい数の亡者達で溢れかえったという。

被害はそれだけに留まらず、亡者達はカレスライア王国やセントリアス樹国へとなだれ込み、たちまち多くの犠牲者を出した。

各国は討伐隊を編成し、旧ドラド王国へと攻め込んだものの、ドラド王と優秀な家臣の亡者に阻まれ、戦況は膠着状態に陥る。

その後も各国は旧ドラド王国から出てくる亡者の討伐を続け、ほぼドラド王国の全国民と同じ数の亡者を倒したところで、作戦を終了。監視の兵だけを残して撤退したのだった。

しかしその一年後——再び亡者の襲撃が発生した。

ほぼ根絶やしにしたと思われていた亡者が、最初に現れた時と同程度まで増えていて、各国は予想以上の数に驚いて、すぐさま第二次討伐隊を編成した。

討伐隊は果敢に旧ドラド王国の王都に攻め込み、再びドラド王らの率いる精鋭との戦いがはじまった。

しかし、その時は各国も本腰を入れて神器を扱える冒険者や騎士団を投入しており、激戦の末、亡者であったドラド王の討伐を成し遂げたのだった。

各国の騎士や冒険者も、皆勝利に浮ついていた。そして王城に溜めこまれた財宝を発見し、戦利品として運びだそうとしたその時――

財宝に手をかけた冒険者の背に、先ほど討伐したはずのドラド王が剣を突き立てた。

ドラド王や家臣達が短時間のうちに復活していたのだ。

慌てた討伐隊は再びドラド王を倒そうと試みるが、連戦の疲れや、奇襲を受けて統率が乱れたこともあり、撤退に追い込まれた。

亡者は倒してもすぐに復活するという事実に恐怖し、ただちに各国が神官をかき集めての浄化作戦を実行したのは必然である。

しかし、結局神官の手で浄化した亡者達も復活すると判明し、どの国も討伐は断念せざるを得なかった。

国境を接するカレスライア王国は要塞を建設し、セントリアス樹国は森という天然の要塞に防衛用の村を配置して、亡者の侵攻からの防衛に注力することになった。

それが五百年前から現在に至るまでの流れである。

時を経て、大襲撃が起こる間隔は数十年単位にはなったものの、いまだにドラド王が浴びた呪いは健在らしい。

この話を聞いて、良一は呪われた王都に興味を覚えた。しかし、今はとにかく怪我をせずに大襲撃を退けて、モアとメアのもとに帰らねばと、気を引き締める。

再び遠方に目をやると、最初は遠くで微かに蠢いているようにしか見えなかった亡者も、今では黒い塊となってはっきり目視できるほどに近づいている。

「……そろそろ射程範囲に入るな。最初の一撃を入れるか、リリィ、プラム」

『『わかった』』

特に狙いを定めるわけではなく、亡者の集団の中心部目掛けて大威力の精霊魔法を放つ。

キャリーやエルフの精霊術師達も良一に続き、タイミングを合わせて魔法攻撃を開始した。

ココは魔法攻撃をあまり得意とはしていないが、少しでも敵の数を減らそうと、慣れないながらもサオリとシズクの助力を得て範囲攻撃魔法を放っている。

最初の一撃が無防備な亡者の集団に命中し、数を大きく減らしたようだが、まだまだ敵の勢いは衰えない。

構わず精霊魔法を撃ち続けていると、敵集団の中から動きの速い亡者の一団が飛び出してきた。

「ビースト型が出てきたぞ。弓兵隊、狙いをつけろ」

ビースト型とは、第一次、第二次大襲撃の時には見られなかった種類の亡者で、両手両足を地面につけて狼のように四足歩行で高速移動する亡者た。人間の体をベースにしているが、移動に適した形に四肢が変形している。

研究者達の間では、亡者との戦闘で死んだ兵士や騎獣の力を取り込んでいるのではないかという仮説が立てられていて、実際に、素手で力任せに攻撃してくる亡者だけでなく、武器や魔法の扱いに特化したものなど、進化した亡者が確認されている。

「精霊術師は一旦休め。まだまだ戦闘は続くぞ」

エルフの弓兵隊の隊長が指示を出しながら弓矢を放ち続ける。

弓矢は猛スピードでカーブを描きながら迫るビースト型の亡者に次々と突き刺さっていった。

曲芸のごとき弓術からも、長年襲撃を退けてきたエルフの腕前がハッキリとわかる。

エルフの射手達はビースト型の亡者の数をみるみる減らしていくが、いかんせん亡者の数と弓兵隊の数に差があるため、接近されつつある状況だ。

「みっちゃん、何か遠距離射撃で援護できないか？」

「かしこまりました」

みっちゃんはそう言って、アイテムボックスからスナイパーライフルらしき銃器を取り出し、膝立ちの姿勢で撃ちはじめる。

射撃の威力は弓矢の比にならないほどに凄まじく、一撃でビースト型亡者を肉片に変えてしまう。みっちゃん一人でエルフの弓隊に匹敵する活躍だ。

それでもビースト型を防ぎきるには至らず、何体か陣に接近を許してしまう。

「亡者の本隊が押し寄せる前に、ビースト型だけでも駆逐する」

良一達がいる陣から二百メートルほどの場所に引かれたラインからこちら側は、近接戦闘エリアと分けられているため、剣士や槍兵の出番だ。

すかさずエルフの剣士が躍り出て、白線を越えた亡者を一刀のもとに切り伏せた。

しばらくして、全てのビースト型亡者を撃破し終えた。

それから近づく亡者の集団に遠距離から精霊魔法をぶつけて大きく数を減らし、討ち漏らしたものを接近戦で倒す――といった流れを繰り返して、最初の亡者の集団はほぼ倒すことができた。

「なんだか、呆気なかったですね」

水を飲んでほっと一息ついた良一だったが、近くにいたモラス村の精霊術師は首を横に振った。

「何を言っているんだ、今のはまだ第一波だ。半日もしないうちに第二波がくるぞ」

彼の言葉通り、その後第一波の五千体を上回る規模の襲撃が続き、日中だけで三度交戦した。

　こちらに大きな傷を負った兵士はいなかったが、連戦するごとに疲労は確実に溜まり、第三波を相手にした時は、ビースト型の亡者に近づかれ、キャリーとココが切り伏せなければならなかった。

「皆良くやった。弓隊は交代で休憩を取れ。精霊術師も今のうちに休んで少しでも魔力を回復しておいてくれ」

　村長はかがり火をたきながら、疲れて座り込む周囲の兵士に労いの言葉をかけた。

「ココちゃん、慣れない精霊魔法で疲れたでしょう？　メアちゃんやモアちゃんの様子見がてら、一度村まで戻って休んでらっしゃい」

　みっちゃんは別として、良一達の中で一番疲労が顔に出ているココを気遣って、キャリーが村へ戻るように提案した。

　剣と魔法を器用に使い分けるキャリーと違って、ココは根っからの剣士なので、精霊と契約してもまだ魔法の扱いが上手くはない。朝から続く襲撃を退けるために頑張って魔法を行使していたが、良一やキャリーに比べるとどうしても消耗が大きくなってしまう。

「それがいいよ。メアやモアも不安だろうし、ココが側にいてくれたら安心できると思う」

「わかりました。村で少し休んできます。三人も無理せずに」

そうしてココは一部のエルフの兵士と一緒に、村へと帰って行った。

「石川君達も怪我はなさそうだな。ところで、ガベルディアスさんの姿が見えないが」

各所に指示を出し終えて少し落ち着いたらしいパアロ村長が、声をかけてきた。

「ええ、今しがた村に戻ったところです」

「そうか。三人も、くれぐれも無理はしないように。しかし、先ほどの精霊魔法、見事だった。君達が来てくれて本当に助かった」

パアロはそう言って頭を下げた。

「よしてください。マアロの故郷ですから、手伝うのは当然ですよ」

「そう言ってもらえて助かる。しかし、気を引き締めてもらいたい。亡者の襲撃は休む暇もなく続き、体だけでなく精神的にも疲れる。そして何より、今回の大襲撃はいつもと何かが違うように思えるのだ」

「何かが違うのですか？」

「ああ。襲撃をかけてくる亡者の種類も数も今までと大して変わらないが……なんというか、弱すぎて手応えがないように感じる」

「弱い分には良いんじゃないですか？　ドラド王の呪いが弱まったとか」

「だと良いのだが……。邪魔をした。ゆっくりと休んでくれ」

パアロ村長は少しばかり不安そうな表情を見せてから立ち去った。

「キャリーさんはどう思います？」

「必要以上の不安に囚われるのは良くないけど、楽観的すぎるのも悪いことね。長年前線で戦ってきたパアロ村長の違和感は、信憑性が高そうだから、頭には入れておきましょう」

「そうですね」

襲撃は夜中も続き、回を増すごとに亡者の数が多くなってきた。

途中でココが戻ってきたり、良一やキャリーも村で休んだりと、交代で休息しながら撃退を続け、翌朝を迎えた。

六度目の襲撃を退けた時、セントリアス樹国からの大規模な応援がやってきた。

近くの大きな町の兵士の混合部隊であったが、二千を超す兵士の増援は、疲れていたモラス村の兵達にはありがたかった。

「応援が来たみたいですね」

「これで休憩もとりやすくなったわね」

良一達が村に戻ると、マアロとトーカ神官長が傷を負った兵士達の治療を行なっていた。

第六波の襲撃は亡者の数が増えすぎて対処が間に合わなくなり、エルフの兵士にも負傷する者が出はじめたのだ。

「お疲れ、皆」

「マアロも大丈夫か？」

「私は平気。皆の方が前線で戦っている分、大変」

「幸い、俺達は怪我をしてないよ」

それからしばらくの間、良一達は落ち着いて休憩を取ることができた。

「魔法を使う亡者があんなにも面倒だなんて思わなかったわ」

「剣を使う亡者もです。意思もなく振るのではなく、明らかに剣術を使ってきます」

キャリーとココがこれまでの戦闘を振り返る。

「それと、第一波の時と比べると、さっきの第六波は全体的に強くなっているように感じました」

「良一君の言う通りだわ。原因はわからないけど、昨日の夕方にパアロ村長が言っていた違和感と関係があるかもね」

良一達が話し合っているところに、メアとモアが、果物を盛った皿を持ってきてくれた。

「良一兄ちゃん、お疲れ様」

「キャリーさん、ココ姉さんも、お疲れ様です」

「ありがとうメア、モア」

「二人も疲れていない？」

「皆助けてくれるので、大丈夫です」

「モアも、小さい子にドーナツをあげたんだよ」

メアとモアが加わって、いつもの和やかな雰囲気が戻り、良一達の緊張も少しほぐれた。

しかし……そんな和気藹々(わきあいあい)とした休息の最中に、突然、ドーンと大きな爆発音が響いた。

「「キャーッ！」」

叫び声を上げるメアとモアを抱きしめて、良一は辺りを確認する。

「良一君はメアちゃんとモアちゃんを守っていて。ココちゃん、お願い」

そう言って、キャリーはココを連れて音のした方へ走っていった。

「良一兄ちゃん、何が起きたの？」

「大丈夫だよ。キャリーさんやココも向かったんだし」

遠くから戦闘の喧騒が聞こえる中、良一はメア達の背中を撫でて二人を落ち着かせる。

それからしばらく待っていると、様子を見に行った二人が戻ってきた。

「お帰りなさい、キャリーさん、ココ」

「ただいま。皆安心していいわよ、原因は解決したから」

「村の近くで亡者の襲撃がありました。けど、全て退治されましたよ」

良一はキャリーとココから詳しい説明を聞いた。

「――特異(とくい)ビースト型ですか？」

「ええ。通常のビースト型の亡者と違って、筋肉や骨格が異常発達した、まさしく異形の個体ね」

「過去の大襲撃でも確認されていますが、いずれも単独で襲撃してきたそうです。でも、先ほどはその特異型が十体程同時に襲撃してきたみたいで」

「それも、十体が連携をしながら襲撃してきたせいで、村の近くまで侵攻されたらしいわね」

先ほどの爆発音は、トーカ神官長が魔法で特異型を弾き飛ばした音だったようだ。

「……さて、私達もそろそろ持ち場に戻りましょうか」

「そうですね」

例外的な出来事とはいえ、村の付近でまで侵入を許したとなると、少し心配だ。

良一は安全のためにメアとモアを村長邸の避難場所に送り届けてから、前線の陣に戻ったのだった。

それから、さらに亡者の討伐は激しさを増したものの、樹国の兵士と連携を取りながら撃退を続けていく。

良一も第九波の襲撃で特異ビースト型と交戦した。

他のビースト型より二回りも大きいのに、速さは段違い。さらに耐久力も高く、全身に弓矢を受けながらも前線の兵士に肉薄し、鋭い爪を振り回す姿には、身震いするものがあった。

「人間とは違う存在だと頭ではわかっても、人間型の異形は精神的に応えますね」

「それも慣れよ」

戦闘を終えた良一は、一旦後方に下がって、武具のメンテナンスをしながらキャリー達と雑談を交わしていた。

「兵士さんに聞きましたが、ビーストの他にも巨人の特異型も過去に何度か出てきたらしいですよ」

ただでさえうんざりしていた良一に、ココが残念な新情報をもたらした。

「巨人型！」

「とても体が硬くて矢や剣も刃が立たず、魔法で攻撃するしか手がなかったそうです」

「じゃあ、大魔法で倒したのか」

「トーカ神官長も、以前の大襲撃で倒したみたいですよ」

「凄いな……」

「あら、私のお話ですか？」

ちょうどそこに、トーカ神官長がマアロと一緒に現れた。

トーカも日頃の神官服ではなく、金属製の胸当てや脛当てをつけて戦に備えている。どれも年季が入っているが、その鈍い輝きから実戦に磨かれた凄味を感じる。

「トーカ神官長は、大襲撃を何度も経験されているんですか？」

「ええ、第三次討伐から参加しています」

「それって……五百年程前のことですよね」

「そうなりますね。あらいやだ、年齢がばれてしまいました」

「「「ははは」」」

トーカは茶目っ気のある返しで、張り詰めていた空気を少し和ませてから続けた。

「パアロ村長も言っていましたが、今回の大襲撃は今までとは違いますね」

「トーカ神官長もそう感じるんですか？」

「ええ。特異型ビーストが大量に出た件もそうですし、呪いの気配が濃いように感じます。

これは、ドラド王や一部の家臣と戦った時と同じです」

「トーカ神官長は、ドラド王とも戦ったことがあるんですか！」

物語や伝説の中の存在と戦った人物が目の前にいるという事実に、良一は素直に驚いた。

「凄く昔ですけどね」

「やっぱり強いんですか？」

「強かったですよ。農村の出の青年が自身の武勇で王国まで築き上げたくらいなのです。

当時のAランク冒険者が数人で攻撃しても、簡単にはねのけましたからね」

キャリーやミレイアクラスの実力者が束になっても厳しいという現実が、良一にはピンとこなかった。何しろ、王都を脅かしたドラゴンゴーレムと同程度以上の力を、一人でもっているということなのだから。

「でも、安心してください。ドラド王と手強い家臣は旧王都から出ることはありません。今は各国も旧王都までは侵攻しませんから、戦う機会はありませんよ」

「カレスライア王国側も、要塞に兵を集結させて対応しているんですかね？」

「ええ。今回の件には、グスタール将軍が指揮を執って対応しているそうですよ。新要塞の建設の下見に来ていた最中だったとか」

良一はグスタール将軍がいるなら、王国側の心配は不必要だろうと安堵するとともに、災難に巻き込まれた彼の不運に心底同情した。

そんな話をしていると、トーカの部下の神殿騎士が険しい顔で近寄ってきた。

「トーカ神官長、問題が発生しました」

「何があったのです」

神殿騎士は良一達を気にしてチラリと見たが、その場で説明をはじめた。

「巨人型の亡者が発生しました」

「そうですか。手筈通りに魔法で対処してください」

「それが……巨人型は亡者同士の争いで倒れているみたいなのです」

神殿騎士の説明を聞いてても状況がよくわからないので、皆で前線に移動した。

「あちらです」

神殿騎士が指差す方向を見ると、確かに遠方の亡者の集団に交じって一際大きな存在が見える。

みっちゃんの望遠機能で確認すると、周囲の亡者との比較から推測して、二十メートルはある巨体だった。

しかし、巨体を揺らして一歩一歩進んでいたかに見えたその巨人型の亡者は、突如足を止め、その場に倒れ込んでしまった。

一緒に望遠機能を使った腕時計型デバイスの映像を見たトーカ神官長も考え込んで、部下の騎士に意見を求める。

「やはり同士討ちですか？」

「正確にはわかりません。何しろ、このような現象は今までに起きたことはないので」

「確かに。私も初めて見る状況です。理由を探りつつ、警戒は怠らないように」

「了解しました」

神殿騎士はその指令を他の仲間に伝えるべく走り去った。

「そういうことなので、石川さん達も警戒してください」

それからもセントリアス樹国からの援軍が続々と到来したものの、それに比例するように亡者の侵攻も数と激しさを増していた。

樹国側は村に影響が出ないように侵攻を食い止めていたが、謎の巨人型の行動は相変わらず続いており、遂にはっきり目視できるほどの距離まで来た。

巨人型が倒れた後も、亡者や別の巨人型が倒れた巨人型を踏み越えてやってくる……その繰り返しだ。

「何なんですかね、あの巨人型は」

「わからないわ。何か目的があるのかもしれないけど……」

直接戦闘に参加するわけでもなく、前線に到達する前に倒れてしまう巨人型の行動の真意は、経験豊富なキャリーにも見当がつかないらしい。

詳しく観察してみると、良一は奇妙なものを発見した。

「キャリーさん、あの巨人型の背中にいるのは、新型の亡者ですかね?」

「どの亡者?」

「さっき倒れた巨人型の背中の上に、馬に乗った亡者がいるんですが……」

「本当ね。馬に乗った亡者がいるわ」

良一達の話が耳に入ったのか、周りのエルフの兵士達も目を凝らして確認しはじめる。

周りの兵士やモラスの村民達も見たことがないので、新種かもしれない。

そんな話をしているとトーカ神官長が慌てた様子で走ってきた。

「馬に乗った亡者とは本当ですか!? どこにいるんですか」

「あちらです。今は巨人型の背中に立っています」

ただならぬ神官長の様子に困惑しながらも、良一はみっちゃんに頼んで望遠した姿を見せた。

「まさか……本当に、騎士ディラン」

驚きに息を詰まらせるトーカ神官長の姿に、周囲が不安を募らせる。

「ごめんなさい、取り乱しました。あの馬に騎乗する騎士は旧ドラド王国の騎士団で隊長をしていた騎士、ディランです。彼も亡者となっており、旧王都で戦ったこともあります。しかし……彼は旧王都からは出られない亡者だったはずですが……」

「特別な亡者だということですか」

「そうです。彼が旧王都から出てこられたということは……ドラド王の亡者も出てくるかもしれません」

トーカの衝撃(しょうげき)的な言葉に、全員が息を呑んだ。

「これは非常事態です。ドラド王とその優秀な騎士団が攻めてくるとなると、セントリアス樹国には尋常ではない被害が出るでしょう。私はこれからあの騎士を倒しに行きます」

即座に部下の騎士が慌てて制止する。

「トーカ神官長、危険です！　討伐隊ならば騎士団の精鋭にお任せください」

「私は騎士団の精鋭と同程度には強いと自負しております」

その言葉に騎士も反論できず、誰もが口をつぐんだ。

「それに、特別な亡者は私が倒さなければならないのです」

騎士団員は、せめてお供を連れて行ってほしいと、精鋭を集めに行った。

「トーカ神官長、少し様子がおかしいですね」

ココがキャリーに耳打ちする。

「そうね。名前まで知っているなんて、知り合いだったのかしら？」

「かもしれませんね」

しばらくして、先ほどの騎士が複数の騎士を引き連れて戻ってきた。見ると、その中にマアロの姿もある。

「お待たせいたしました。騎士団の精鋭と、実力の立つ有志を集めました」

「わかりました。良いでしょう」

神官長は集まった面々を見て、観念したように大きく頷いた。

良一はマアロに近寄って声をかける。

「マアロ、騎士の亡者討伐に参加するのか？」

「そう。トーカ神官長の助けになりたい」

「だけど、騎士の亡者はとんでもなく強い特別な亡者だって聞いてるぞ」

「私が心配なら、良一も来ればいい。私は絶対にトーカ神官長と行く」

「なんだよ、その言い方は」

　投げやりな言い方に少しムッと来た良一だったが、それだけマアロの意志が固いということである。騎士団がマアロの実力を認めて参加を許可したのならば、良一達の都合でそれを覆させるわけにはいかない。

　良一が視線で尋ねると、キャリーとココとみっちゃんは揃って頷いた。

「わかった。俺達も同行するよ」

　良一がそういうとマアロは笑って頷いた。

「では、作戦を伝えます。まずこちらの陣地からの攻撃を敵両翼に集中して、亡者達を引きつけてください。私達は中央が手薄になったところで突入し、騎士の亡者を目指します。普通の亡者は無視して、できるだけ早く騎士の亡者にたどり着くことが目標です。騎士との戦闘は主に私が引き受けますので、皆さんは他の亡者を寄せつけないようにしてください」

「了解しました」

説明を終えたトーカ神官長に、良一が話しかける。

「トーカ神官長、俺達も同行させてもらいます」

横に立つ騎士が何か言おうとするが、トーカはこれを手で制した。

「命の保証はありませんが、よろしいですか？」

「はい。マアロがトーカ神官長に同行すると言っているので」

「やはり、勇者様と同じですね。マアロのこと、頼みましたよ」

神官長は微笑んでから、良一達の同行を認めてくれた。

すぐに味方の攻撃が始まり、亡者達の戦列に乱れが生じる。

「では、行きます。遅れた者は無理に追わず、すぐに陣地へと退却してください」

トーカ率いる精鋭隊が、押し寄せる亡者の集団へと向かっていった。

彼女は自ら先頭を駆け、杖を手にして進路上の亡者をなぎ倒す。

その実力は申し分なく、亡者の接近を許さないどころか、猛スピードで近寄ってきた特異ビースト型すらも難なく弾き飛ばした。

しばらく進むと、横たわる倒れた巨人型亡者の背に乗る騎士の亡者が見えてきた。

「見えました。全員気を引き締めなさい」

騎士の亡者は馬に騎乗したまま巨人型亡者の上から良一達を見下ろすだけで、向こうから仕掛けてくる気配はない。

「騎士ディラン、亡者となりし呪いを打ち砕きます」

トーカはそう宣言して、一人で巨人型亡者の上に飛び乗り、騎士の亡者に先制攻撃を見舞う。騎士もこれに反応し、悠然と腰の剣を抜き放った。

馬上の騎士の剣と神官長の錫杖が、キンッと甲高い音を立ててぶつかり合う。

神官長は年齢に見合わぬ機敏な動きで何度も何度も打ち合い、弾き飛ばされてもくるりと体をひねって再び躍りかかる。

「神官長は凄い動きですね」

「あの騎士の剣筋も、見事としか言えません。馬から降りずにほとんど腕の動きだけで猛攻を凌いでいます」

周囲に群がる亡者を切りながら、ココが感心するように言う。

良一も精霊魔法で亡者を吹き飛ばしながら、神官長の戦いに釘付けになっていた。

「でも、これで決まったわね」

キャリーがそう告げると同時に、神官長の錫杖が騎士の剣を弾き飛ばし、勢いそのまま騎士の胸を突いた。

神聖な力が宿っているからか、杖は騎士の鎧をものともせず、まるで水面に突き立てたかのように容易く背中まで貫いた。

神官長は騎士の胸から錫杖を抜き放ち、その場で祈りをはじめる。

騎士の亡者は一瞬身悶えたが、抵抗する間もなく馬とともに黒い液体となり、巨人型亡者の体を伝って大地へと流れ落ちた。

黒い液体が地面に染み込んで消えたのを確認したトーカは、すぐに周囲に指示を出す。

「ディラン以外の騎士も現れるかもしれません。このまま巨人型の倒れた後を進み、旧王都付近まで様子を見に向かいます」

全員が頷き、亡者を蹴散らしながら移動を再開した。

体長二十メートルに達する巨人型亡者は横幅も十メートルほどあり、一列に折り重なって連なる様は、さながら亡者の丘から荒野を横断する屍の道である。

ある程度進むと、前方から馬を駆ってこちらに迫る騎士の亡者の集団を発見し、トーカが警告を発する。

「嫌な予想が当たりました。騎士ディランほどではありませんが、歴戦の騎士だった者達の亡者です。充分に注意してください」

間もなく、亡者騎士団との戦闘が始まった。

亡者騎士達は巨人型亡者の上から下りようとしないので、良一達もよじ登って応戦する。

亡者の騎士の剣術は優れており、エルフの精鋭とも互角に渡り合うほどだ。

神官長やキャリーは一人で複数の亡者騎士を受け持ち、ココや良一も一対一になるようにしながら相対する。

良一が対峙した亡者騎士も、普通の亡者と同じく顔が青白いが、古臭い金属鎧の下の肉体は鍛え抜かれており、一見して強者であるとわかる。

そして、普通の亡者と決定的に違うのは、その目だ。ドンヨリと焦点が合わずに意志を感じない目ではなく、この亡者騎士はシッカリと良一の目を見据えて、瞳の奥に絶望とでも言うべき黒い意志を宿している。

巨人型亡者の上での戦闘は足場が不安定なだけでなく、普通の亡者もよじ登って攻撃を仕掛けてくるので注意しなければならない。

マアロは負傷者の回復のために力を温存しており、みっちゃんがその守護に当たっている。

「成仏しろ！」

良一は叫びながら精霊魔法を放つ。

暴風の直撃を受けた亡者騎士は体勢を崩したものの、剣を巨人型に突き刺して持ち堪える。

「リリィ、プラム、威力を上げてくれ！」

『任せなさい』

亡者騎士の腹に水の弾丸がぶち当たり、後方へと弾き飛ばされる。

そして巨人型の上から落ちて地面に背中が着いた瞬間、先ほどの騎士ディランが絶命した時と同様に黒い液体になって消えた。

「こいつら、巨人型の背中の上でしか活動できないみたいだな」

その推測が正しいか確かめるため、良一は亡者騎士を巨人型の背中から落とすことだけを考えて次々と精霊魔法を放った。

いずれの騎士も、地面に落ちると黒い液体に変わり、良一の考察が正しいことが判明した。

「亡者の騎士は巨人型の背中の上だけでしか活動できません！」

良一が叫ぶと、まだ交戦中の他の者達も相手を弾き飛ばすことを中心に据えた戦法に変えた。

おかげで亡者騎士を全員倒すことができたが、さすがに相手も手練れで、何人かのエルフの騎士が傷を負ってしまった。

「負傷兵はすぐに陣地に戻りなさい。これから先は亡者の数も増えます。怪我をしていては後れをとるでしょう」

負傷した騎士達もそのことはわかっているのか、マアロの回復魔法で大きな傷を塞いでから、他の騎士仲間に後を託して陣地へと戻っていった。

「では、残った者はこのまま旧王都近辺まで進みます」

旧ドラド王都に近づくにつれて、亡者の攻撃の勢いは激しさを増した。

襲ってくる亡者の中にはメアやモアと同い年くらいに見える子供の亡者の姿もあり、良一は心を痛めたが、深く考えないように努めて戦闘に没頭した。

自己満足でしかないが、良一は彼らの屍が残らないように、高威力の精霊魔法を放って吹き飛ばしていく。

キャリーもその気持ちに理解を示し、魔力の無駄遣いとは言わずに黙認した。

そうして、一行は遂に旧ドラド王国の王都を囲む外壁のすぐ側に到達した。

ここまで来ると、辺りは一面が亡者の山で、地獄そのものである。

「呪いって、ここまで酷いんですか」

「こんな強い呪いは私も知らないわ」

さすがのキャリーも眉をひそめている。

「良一さん、あそこを見てください」

ココが旧王都の崩れ落ちた塔の瓦礫の上を指差した。

そこには、亡者騎士が騎乗していた亡者の馬よりも一際大きな巨馬が、こちらを威嚇するように竿立ちになっていた。

そして、その背に跨る亡者を見たトーカ神官長が呟く。

「ドラド王」

全員がやはりと思った。

ドラド王の亡者は、漆黒の金属の鎧とフルフェイスの兜を被り、素顔を見ることはできないが、禍々しいオーラに全員が圧倒される。

「さすが、おとぎ話の英雄ね。亡者になってもここまでのオーラを発するなんて」

「ただ立っているだけなのに、そのオーラだけで体が震えますね」

キャリーとココも、ドラド王の亡者の底知れない力に恐怖を感じているみたいだ。

一方、みっちゃんのセンサーは良一達とは別のものを感知していた。

「良一さん、目の前の亡者に、神の加護らしき力場を確認できます」

「みっちゃん、それって……亡者なのに神の加護を宿しているってことか？」

「その可能性が高いです。加護を得た時に私の体内に発生した力場と同質のものが観測できます」

「キャリーさん、皆、ドラド王は神の加護を授かっているかもしれない」

良一がそう忠告を飛ばした瞬間、今までこちらを見下ろしていただけのドラド王が目にも留まらぬ速さで大剣を振り抜いた。

不可視の衝撃波が良一達に襲いかかる。

「全員、構えなさい！」

トーカが警告を発するが、彼女以外に反応できたたのは、キャリーとココと騎士の数人だけだった。

衝撃波の威力は凄まじく、キャリーと神官長が張った魔法のシールドをあっけなく破る。
即座にリリィとプラムが新たなシールドを展開し、なんとか致命傷を負わないレベルまで威力を減じることができた。

「リリィ、プラム、助かったよ」

『良一、気をつけなさい。あの亡者は他と違って危険すぎるわ』

『私も今までの契約者と共に何度か亡者と戦ったことはありますが、あの亡者は一番強いです』

「そうだよな、トーカ神官長の話じゃ、昔の人は一度倒したことがあるみたいだけど、実物を前にすると信じられないいな」

リリィとプラムのおかげで助かったが、良一にはこんな攻撃をそう何度も防げるとは思えなかった。

「これは一時撤退するしかないわね。現戦力じゃ太刀打ちできないわ」

キャリーが撤退を提案するが、神官長は魅入られたように呆然とドラド王を見つめ続け、こちらの言葉が聞こえていない様子だ。

「トーカ神官長、しっかり」

マアロがそんなトーカ神官長の背中に手を当てて呼びかける。

トーカは一瞬、相手を射殺しそうな鋭い視線を向けたが、マアロと視線が合うと我に返り、いつもの柔和な表情で辺りを見回した。

「マアロ――すみません、助かりました。……やはりドラド王は手強いですね。一度陣地に戻り、討伐隊を編成しなおしましょう。彼らは王都を出ると巨人型の上でしか活動できないことが判明したので、巨人型を魔法で滅しながら撤退します」

しかし、マアロが全員を絶望に突き落とす言葉を発する。

「神官長、もう手遅れみたい」

崩れた旧ドラド王都の城壁の向こうでは、多くの亡者騎士が隊列を組んでおり、こちらに突撃する態勢を整えていた。

「私のミスです。殿は私が務めますので、急いで退却してください」

「そんな、神官長」

「異論は認めません。これは命令です」

神官長が騎士達に命令を下す中、キャリーが良一達に声をかけた。

「良一君、ココちゃん、マアロちゃん、みっちゃんも。四人は逃げなさい」

「何を言っているんですか、キャリーさん。俺だって戦えます」

「そうです、私も殿を務めます」

良一とココが反論すると、キャリーは静かに首を横に振った。

「あなた達はまだ若いのよ。それに良一君やココちゃんが死んでしまったら、メアちゃんやモアちゃんに申し訳が立たないわ」

「それはキャリーさんも同じです。一緒にメアとモアの所に帰りましょう」

「私もまだ諦めてはいないわ。これでもAランク冒険者の意地があるの。簡単に死ぬつもりはないわ」

「そんな、でも！」

「良一君がそんな顔をしちゃだめよ。ちゃんと無事にメアちゃんとモアちゃんのもとに帰ってあげて。二人のためにも」

まるで最後の別れのような言葉を告げられ、良一は固まってしまう。

しかし時は待ってくれない。亡者騎士団は容赦なく突撃を開始する。

それに合わせて、トーカ神官長を先頭に、キャリーと数人の騎士が亡者に向かって走り出した。

「神官長！」

「マアロ、行きますよ！　良一さんも、急いで！」

泣き叫ぶマアロをココが羽交い締めにして、陣地へと撤退を開始する。

「みっちゃん、俺がここに残って、全員が生き残れる可能性ってどれぐらいあるのかな」

「可能性は極めて僅かです」

「それは、ゼロじゃないってことだろ？」

「いいえ。確率上では限りなくゼロと同等です」

「そうか……でも、俺は諦められないんだ！　ココ、みっちゃん、マアロを頼む！」

そう言って、良一は撤退するココ達と別れ、亡者騎士団の方へと駆けだした。

「良一さん！」

ココが悲鳴にも似た声を上げるが、良一は振り向かず、眼前の亡者に精霊魔法を放つ。

「良一君、あなたじゃ実力不足よ！　今すぐ戻りなさい！」

戻ってきた良一に驚いたキャリーが、怒り混じりの声をぶつけるが、良一はそれも無視して神官長達よりもさらに前に出る。

自ら囮になるような突出により、良一は亡者騎士団の何体かを落馬させたが、全員を倒し切れずにたちまち取り囲まれてしまう。

当然、亡者騎士達は好機とばかりに剣や槍を良一の体に突き立てた。

ココやマアロが悲鳴を上げ、キャリーが良一を救出しようと必死に駆け寄る。

しかし、良一も考えなしに突撃したわけではない。

《神級再生体》――良一がこの世界に来た際に主神からもらったチートスキルの一つ。

即死さえしなければどんな傷や病気も即座に回復する超常の業である。

良一は戦闘で傷を負った時に目立たないように使用していたが、ココ達にはこのスキルの存在を知らせていない。

以前、メラサル島でシャウトベアキングと戦った際に、切り飛ばされた左腕を再生したところ、何人かの村人に化け物を見るような視線を向けられた苦い記憶がある。

木こりの師匠のギオが内密にしてくれたおかげで騒ぎにはならなかったが、それ以来良一は人目につく形で《神級再生体》を使わないように意識していた。

しかし、今は他人にどう思われるかを気にするよりも、仲間達を見捨てることの方が耐え難かった。

剣で切り刻まれた手足が一瞬のうちに再生し、槍で貫かれた穴も塞がり、傷一つない体に戻った良一は、再び騎士団に襲いかかった。

確実に殺したと思っていた良一が五体満足で再び動き出したのを見て、感情がないはずの亡者の騎士団に動揺が走る。

良一は自分の身の安全を一切考慮せず、一撃死だけを避ける捨て身の攻撃で、亡者の騎士を次々に倒していく。

騎士団をココ達から遠ざけるため、良一は巨人の背から下り、亡者のテリトリーである旧ドラド王都に自ら飛び込んでいった。

斬る、斬る、斬る――それだけを考える戦闘機械と化した良一は、折れた斧や刃こぼれした剣を捨て、次々とアイテムボックスから新たな武器を取り出しては、亡者騎士に斬りかかる。

見入った。

「良一君……」

その鬼神の如き戦いぶりに圧倒され、キャリーのみならず誰もが足を止め、その光景に見入った。

戦術も何もない、がむしゃらな戦闘の末、亡者騎士達はバタバタと倒れ、残るは最後の一体のみ。

良一は亡者騎士の一閃で右腕を切り飛ばされて武器を取り落とすが、即座にリリィの精霊魔法で反撃し、戦闘は幕を下ろした。

右腕を含めて全身を再生させた良一が膝を突くのと同時に、亡者騎士がゆっくりと崩れ落ちる。

すぐさま、キャリーやココやマアロやみっちゃんが良一の無事を確かめるために走り寄った。

「良一君」

「良一さん」

「良一」

衣服は血塗れになっていたが、意識はあり、体には切り傷一つない。

とはいえ、体力の消耗は相当なもので、すぐには呼吸を落ち着かせられなかった。

皆がホッと安堵したのも束の間——トーカ神官長の鋭い叫び声が響いた。

悠然と歩き続け、ついに良一の五メートル手前まで接近した。

トーカ神官長や騎士団が放った魔法を大剣で振り払い、ドラド王は足を止めることなく

良一もアイテムボックスから再び新しい剣を取り出して、それを支えに立ち上がる。

全員が武器を構え、良一を守るようにしてドラド王と対峙した。

今まで瓦礫の上にいたドラド王が、巨馬から降りてこちらへと歩いてくる。

「気をつけなさい！」

そして――

「……日本人か」

亡者のドラド王が声を発したという現実についていけず、全員が呆然と立ち尽くす。さらに良一を驚かせたのは、王が発した〝日本人〟という言葉。

「まさか……あなたも、日本人なんですか？」

良一が問いかけると、ドラド王の亡者は漆黒の兜を外して地面へと投げ捨てた。

「いかにも、君と同じ日本人だ」

兜の下から現れたのは、黒髪黒目で、彫りが浅く平べったい顔をした三十代の男。亡者なので肌は青白いが、明らかに日本人であった。

「ちゃんと意思疎通できるなんて……意識があるとしか思えない」

「あるとも言えるし、ないとも言える」

ドラド王は対話に応じる姿勢を見せるが、良一を含めて周りの者も警戒を解かない。

「ならば、どうしてあなたは各国に亡者をけしかけて襲っているんですか」

「呪いだよ。いや、恨みとでも言うべきかな」

「あなたはエルフの姫と結婚して、幸せな生活を送っていたと聞きます。なんの恨みがあると言うんです？　それとも、エルフの姫を救い出した時にかけられたという魔法使いの呪いのせいですか？」

「ハハハハハ、後世ではそんな風に伝わっているのか。確かに、センリ姫を助けた際に呪いをかけられたのは事実だが、そんなものは神に与えられたチート能力で簡単に解呪できたさ」

「解呪できた？　じゃあ、今のあなたを亡者に変えた呪いは、一体誰が……」

「俺自身さ」

ニヤリと笑うドラド王に、良一は底知れぬ恐怖を感じた。

「せっかく日本人に会えたんだ。この世界の先輩として教えてやるよ」

彼が語ったのは、絵本に書かれたものとも、キャリーらが知る史実とも違う話だった。

ドラド王は、勇者としてこのスターリアに召喚されたらしい。日本では田舎の農家の次男坊にすぎなかった彼も、転移の際にチート能力が与えられ、その力で数々の冒険を繰り広げた。

命の危険はあったが、苦難の末に多くの仲間とともに魔王を討ち果たし、見事勇者としての務めを果たした彼は、旅の途中で助けたエルフの姫と結婚する。

やがて彼は、魔王討伐に参加した仲間と自分の国を立ち上げ、日本での名前は捨て、最初の仲間に付けてもらった名前である〝ドラド〟を国名とし、自らもその名を名乗った。

そんな幸せの絶頂にあったある日——結婚したエルフのセンリ姫の妊娠が判明する。

ドラド王は喜んだが、家臣として仕えるかつての仲間は、なぜか苦虫を噛み潰した表情のままで、妊娠したセンリ姫までも沈痛な面持ちだった。

なぜ全員が喜ばないのか理解できず、彼が問い詰めたところ、苦楽をともにした仲間が口を割った。

「——センリ姫はハイエルフと呼ばれる神代からの種族で、人間との間に子供はできないんだとさ」

ドラド王は投げやりにそう吐き捨てた。

「センリ姫はあなた以外の子供を身籠もったんですか？」

「そういうことだろう」

それからは後世に伝わる話の通り、すべてを憎み、世界を滅ぼすという考えに支配されて、自身が持つチート能力を使って、諫める仲間の声にも耳を貸さず、愛する妻や仲間達、彼を慕う民をことごとく殺し、国を焼き尽くしたという。

それを聞いた良一は、目の前が真っ暗になった気分だった。

「王都に火を放ち、全てが終わったその後さ。声が聞こえたんだ。〝お前を気に入った〟って」

そう言って、ドラド王は左手につけた手甲（ガントレット）を外した。

青白い肌に、くっきりと黒い紋様（もんよう）が刻まれている。

「邪神（じゃしん）の紋様さ」

「邪神？」

「なんだ、邪神も知らないのか？　まあいい。邪神の加護を授かって、今まで得ていた神の加護は全てなくなったが……この能力を得た」

ドラド王がパチンと指を慣らすと、彼の周囲の地面から黒い染みが広がり、そこから、先ほど倒したはずの亡者の騎士団が復活した。

「邪神が楽しんでいる間は、不死性が与えられ、俺が殺した奴を亡者として召喚する能力だ」

そう言い終わると、ドラド王は大剣の切っ先を良一に向けた。

「そしてだ。邪神は三主神とそれに連なる神々が大嫌いなんだ。そんな奴らの加護を得ている日本人を殺せば、邪神は最高に楽しんでくれるだろう」

その時、トーカ神官長が良一の前へと飛び出した。

「やめてください、シン」

「シン？　やっぱりトーカだったのか。ババアになったな、お前も」

「こんなことをして、なんになると言うのです！　姉はあなた以外を愛していなかったし、不義も絶対にありえません」

「うるせえ！　だったら、誰の子供がセンリの腹に入っていたんだ」

「それは……」

「さんざん俺を勇者だなんだと担ぎ上げた末にあの仕打ち……絶対に許さねえ。この場でお前も殺してやるよ」

良一達はトーカ神官長とかつての勇者達との関係に驚愕したものの、今は本気で殺しにかかってきそうなドラド王をなんとかしなくてはならない。

「まあ、俺が本気を出せば一分も保たないだろうが」

「やはり……勇者であったシンは死んだのですね」

神官長は悲しそうに呟くと、錫杖を構えた。

「畏み畏み申す」

神官長とキャリーが同時に祝詞をあげて、神器を手に躍りかかる。

しかし、神器の力をもってしても、二人の攻撃は簡単に防がれ、ドラド王を一歩も動かすことができない。

「今の神器使いもレベルが落ちたな。それに、トーカも昔ほど技のキレがない」

「黙りなさい。あなたに殺された姉さんやディランの仇を取らせてもらいます！」

キャリーやトーカ神官長が切り札の神器を使ったということは、ここで勝負に出ないと殺されると判断したからだ。別の見方をすると、あと十分以内に片をつけないと、二人は力を使い果たしてしまい、万事休す。

「なんとか二人の援護をしないと」

「でも、私達じゃ援護どころか邪魔になるだけです」

良一もココも、魔法での援護すらできずに歯噛みするのみ。

仲間の騎士達も手出しできずに三人の激しい攻防を黙って見ているしかなかった。

何人かの騎士が強引に斬りかかるが、ドラド王に触れることすらかなわず、切り払われて大怪我をする。

数秒のうちに数え切れないほどの打ち合いが繰り広げられた後、ドラド王が呟く。

「準備運動は終わりだ」

直後、彼が手にした大剣が禍々しい姿に変貌していった。

鍔や束頭から無数の牙が生え、赤黒く変色した刃の表面に幾筋もの血管が走り、まるで生き物のように脈動する。

「邪剣だ。これに斬られると地獄に落ちるって話だぜ。たっぷり地獄旅行を楽しみな」

ドラド王がそう言うと、邪剣からどす黒い血の色のオーラが放たれた。

それを浴びた良一達は、金縛りにあったみたいに指先一本動かせなくなる。

キャリーやトーカ神官長も例外ではなく、ドラド王の目の前で足を止めて無防備な姿を晒している。

警告しようにも呻き声一つ出せない良一には、ただ見ていることしかできない。

ドラドの邪剣は、ゆっくりとトーカ神官長の首筋に迫る。

しかし、刃が彼女の肌に触れる寸前――突如辺りが眩い光に包まれ、その中から現れた真っ白な剣が、邪剣を弾き飛ばした。

「なんだお前は」

「主神の御使いです」

「神白さん⁉」

ようやく金縛りが解けた良一が、すかさず声を上げた。

「石川さん、大分苦労なされましたね」

神白は良一達に視線を向けたまま、ドラド王を見もせずに邪剣の猛攻を防ぎきっている。

「主神の御使いが、なんだってこんな所に、今になって！　そんなにその日本人が大切なのか、特別なのか⁉」

唾を飛ばしながら叫び、苛立ちを露わにするドラド王に、神白は冷たい眼差しで答える。

「確かに、石川さんは好感の持てる若人ですが、今回はあなたの行いに対する神罰の執行です」

「神罰だと？」

「異世界転移を管理する主神の交代により、罰則条件が厳しくなったのです」

邪神と契約し、その能力を行使し、邪器を使用する。

これらの三条件を満たした時に、神罰を執行すると決められたらしい。

「じゃあなんだ？　俺が邪器を使用したから、お前が来たのか」

「その通りです。では、神罰を執行します」

神白は冷徹にそう言い放つと、純白の剣で邪剣を打ち払った。

「あ、あ、俺の邪剣が」

澄んだ金属音が響いた次の瞬間、ドラド王の手の中にあった邪剣がボロボロに崩れ、灰になった。

「邪器の破壊を確認しました。それだけではありません」

そのまま剣を翻し、神白はドラド王の左手を剣の腹ではたく。

「グゥアァー」

ドラド王が呻き声を上げながら押さえた左手の甲から、黒い煙が立ち上る。

「邪神との契約破棄を確認しました。最期です」

そして神白は、白い剣でドラド王の胸を貫いた。

同時に、再召喚された亡者騎士や、樹国を目指して進軍していた亡者達が一斉に霧散する。

「……ウッ」

胸を突かれたドラド王も苦しげな声を上げるが……それでも死ぬことはない。

「神界の者が現世の者を殺すことを禁ずるのも、新たに制定されたルールの一つです。ここから先は現世のあなた達の役目です」

神白はそう言って一度良一達の方を振り返ると、再びドラド王に厳しい顔を向けた。

「あと一つだけ、あなたに残酷かもしれない事実を告げて、私は帰らせていただきます。

確かに、こちらの世界の人間種ではハイエルフと子をなすことはできません。しかし、あなたは勇者として召喚された影響で人間とは体が変異しています。あのハイエルフのお腹の子供は、間違いなくあなたの子供でした」

その言葉を聞いて、ドラド王もトーカ神官長も、ともに驚愕の表情を浮かべた。

「では」

いつの間にか神白の姿は消えており、荒廃した王都にドラド王と良一達だけが残された。

戦の喧騒はなくなったが、誰の胸にもやるせない思いがわだかまった。

「そんな……なら、俺のこの恨みは」

「シン――いえ、ドラド王。憎しみはここで終わりです」

「トーカ、俺は……」

「その恨みや憎しみは、私が引き受けます」

そしてトーカ神官長は、神器でドラド王を貫いた。

「ハハハ、なんだったんだ俺の人生は！　お前は、俺みたいになるなよ」

最期に良一に向かってそう言い残して、ドラド王は死んだ。

「姉さん、私は……」

トーカ神官長が涙を流して呟いたのと同時に、神器の現出時間が終わった。

力を使い果たしてその場に倒れ込むトーカとキャリーを、みっちゃんがそっと支える。

良一も全員無事で済み、安心したせいか、足腰に力が入らず立ち上がれない。

「良一さん、お疲れ様でした」

「良一、皆を助けてくれてありがとう」

ココとマアロが、座り込んでしまった良一を心配して駆け寄ってくる。

「いや、全て神白さんと主神のおかげだよ」

エルフの騎士達もひとまず緊張を解いたようだが、どこか良一のことを恐れるようにして、近づかずに遠巻きに見てヒソヒソと話している。

苦笑して俯く良一の態度を訝しみ、ココとマアロが周囲を見回すと、ばつが悪そうに顔を背ける騎士達の姿があった。

「マアロ、トーカさんもキャリーさんもあの状態ですし、皆連戦で消耗しています。亡者の脅威は去ったみたいですから、休息を取ってはどうでしょう？」

「わかった」

二人はこれ以上良一に気を揉ませないように憤りをぐっと呑み込んで、アイテムボックスから取り出したテントの設営作業をはじめた。

設営を終えると、マアロは騎士達に話をつけに行き、ココは良一に肩を貸して、テントの中に座らせた。

「良一さん、休みながら聞いてください」

ココは良一の目を見ながら優しい口調で話しかける。

「ハッキリ言って、私は良一さんに怒っています」

「怒って？」

口調とは裏腹な言葉に、良一は首を傾げる。

「わかりませんか？　キャリーさんは私達に逃げろって言いましたよね？　メアちゃんや、モアちゃんのためにって」

「……そうだね」

「あの時――良一さんが亡者の騎士団に走って行った時、私は良一さんが死ぬ気なんだと思いました。そして、私とマアロだけでメアちゃんとモアちゃんにそれを説明させるつもりなんだと思いました。勝手に決めて、止める間もなく一人で行っちゃって……ずるいです。私は二人になんて言えばいいんですか？」

「それは、ごめん」

良一が謝ると、ココは首を横に振った。

「でも、もういいです。良一さんは私やマアロ、キャリーさんも救ってくれましたから。ただ、これだけは覚えておいてください。私と良一さんは冒険者パーティを組んだ仲ではありませんか。だから、私は良一さんがどんなことをしても受け止めますし、支えます」

「ココ……」

「確かに、良一さんの腕が再生して傷一つ残っていないのは驚きましたが、それがなんだって言うんですか。私は今まで良一さんと一緒に旅をしてきたんですよ？　その旅の方が驚きの連続でした」

「本当に？」

「ええ、本当です。だから、今は私達を救ってくれたことを誇ってください。そして、私からの感謝の言葉を受け取ってください。助けてくれてありがとうございます」

「俺も、皆が無事で良かったよ」

自然と良一の頬を涙が伝っていた。

「ゆっくり休んでください」

最後にそう言って、ココはテントを出た。

一人になった良一に、今度はリリィとプラムが話しかける。

『まあ、アレは確かにビックリしたけど、良一だしね？』

『やっぱり、今までの契約者と違うと思った、私の目は確かですね』

「リリィとプラムもよく頑張ってくれた。ありがとう。おかげで皆を助けることができたよ」

『当然よ、これからも助けてあげるから、私を頼りなさい』

『もちろん、これからもよろしくお願いしますね、契約者様』

そうして二体の精霊は良一の体を通って精霊界に帰って行った。

しばらく一人で休んでいると、マアロがテントに入ってきた。

「トーカ神官長は大丈夫か？」

「神殿騎士が看ている」

「そっか」

「良一、ごめん。神殿を代表して謝る」

「いや。俺こそ、無茶やってゴメンな」

「良一が頭を下げることはない。それに、皆を助けてくれたのに、あんな目で見るなんて」

「気にしてないって言ったら嘘だけど、ココも気にしていないって言ってくれたし、大丈夫だよ」

「私も気にしていない」

「その言葉だけで充分だよ」

「ありがとう。今回の大襲撃を防げて、元凶も倒せたのは良一のおかげ」

「こんなことを言ったらアレかもしれないけど、ドラド王が絶望した気持ちもわからないわけじゃない」

「それには同感」

「だけど、これまで彼がしてきた行為は、同郷人であっても許せるものではないかな」

「キャリーとトーカ神官長も、今は休んでる。二人とも目が覚めたら、移動する」

「了解。前に神器を使った時の感じだと、二時間ぐらいか」

「そうなる」

そう言って、マアロは良一の隣にちょこんと腰を下ろした。

「どうしたんだ、マアロ？」

「妻として傷心の夫を慰める」

て休んでいた。

「だれが妻だよ」

良一はそう言いながらも、頭を預けてくるマアロを押し返すわけでもなく、静かに座っ
て休んでいた。

最初はしなだれかかっていたマアロも、途中から本格的に爆睡（ばくすい）をはじめて、いつもの雰囲気に戻り、良一も少し落ち着きを取り戻す。

二時間ほどすると、ココが良一達を呼びに来た。

「良一さん、マアロ、キャリーさんとトーカ神官長が目を覚ましました」

「そうか、マアロ起きろ」

「んがっ」

マアロを起こし、三人でキャリー達が寝ていたタープへと移動した。

「失礼します」

「あら、良一君」

キャリーに手招きされて近づくと、良一は頭を軽くこつんと叩かれた。

「今のは私の覚悟を無視した分ね。でも、助かったわ。ありがとう」

「いえ、無事で良かったです」

みっちゃんを交えて話していると、騎士達に囲まれて忙しそうに指示を出していたトーカ神官長が歩いてきた。

「石川さん」

　良一達の前まで来たトーカは、その場で両膝をついて深々と頭を下げた。

「この度は危険を顧みずに私達の命を救っていただき、まことにありがとうございました」

「神官長、やめてください。どうしたんですか、急に」

「あれは、必死になっただけです」

「本来は私達が皆さんをお守りするべきなのに、石川さんやキャリーさんの力に頼りきりで、恥ずかしい限りです。改めて、私達の事情で危険な状況に巻き込んでしまったことを、謝罪したいと思います」

　良一が何か言おうとするが、キャリーが手で制止した。

「良一君は優しいから、一緒に巻き込まれた私の口から言わせてもらうわ」

「はい」

「昔、ドラド王とあなた達に何かあったことはわかったわ。でも、詳しくは聞かないし、私達も生きている。全ては終わったことよ」

「はい」

「互いに謝ることはなんの益にもならないから、やめましょう。私から言うことがあるとしたら、良一君を変な目で見ないように、後ろの人達に徹底してほしいことくらいかしら」

「はい。その件については、私の名と神官長の立場に懸けて誓います」

「それなら、もう私から言うことはないわ」

「旧ドラド王国の解放は石川さんの功績です。ありがとうございました」

そう言ってトーカ神官長は立ち上がり、一緒に来た騎士を引き連れてタープから出ていく。

「マアロ、私も神官としてドラドが勇者だった際に一緒に旅をしました。けれども当時の私は神官としてしか彼の信頼を得られなかったのかもしれません。けれども貴方なら、私とは違う関係を石川さんと築けるでしょうね」

「トーカ神官長」

去り際にトーカが言い残した言葉に、マアロは何か言いたそうな様子だったが、言葉を詰まらせて、そのまま黙って見送った。

「さて、私達も一度モラス村に帰りましょう。メアちゃんとモアちゃんが待ってるわ」

「そうですね。ここじゃ落ち着きませんし」

良一達がタープやテントを片付けていると、カレスライア王国側から土煙が上がっているのが確認できた。

丘の上にある旧ドラド王都からは、王国側、樹国側、どちらも良く見える。

「あら、王国側も動きが早いわね」

「騎士団の先頭を走るのは、グスタール将軍配下の騎士ユリウス氏であると判別できます」

望遠機能で確かめたみっちゃんが、良一に報告した。

「ユリウスさんか。情報を共有しておいた方が良さそうだな」

グスタール将軍の部下であるユリウスは、何度も良一達の世話をしてくれた好人物である。

「みっちゃん、向こうがこっちに気づくように、狼煙(のろし)とかあげられないか？」

「可能です。何色にしますか？」

みっちゃんはそう言って、アイテムボックスから大きめの口径(こうけい)の銃――信号拳銃らしきものを取り出した。

「たしか、王国軍だと、青色の狼煙が友好の合図だったはずよ」

「じゃあ、青色がいいかな」

「かしこまりました。発射します」

みっちゃんが上空に向かって引き金を引くと、弾道に沿って色鮮やかな青色の煙の帯(おび)が描かれた。

カレスライア王国騎士団の一行もそれに気づいたらしく、進路を変え、一直線にこちらに向かってくる。

しばらく待っていると、王国騎士団が到着した。

最初は亡者の罠ではないかと警戒していた王国騎士団も、ユリウスが良一に気づいてからは武器を下ろし、緊張を解いて近づいてきた。

「石川士爵、それに皆さんも、こちらで何をなさっているんですか」

「お久しぶりです。ユリウスさんだとわかって、今回の件を説明するために待っていたんですよ」

「そうだったんですか、それは……ありがとうございます」

ユリウスを含め、何がなんだかわかっていない王国騎士団に――良一の再生スキルやトーカとドラド王の関係などの詳細情報は省きながら――亡者の丘であった旧ドラド王国の解放について説明した。

「いやはや、石川士爵はまた偉業を成し遂げましたね」

「運が良かったんですよ」

「グスタール将軍もお喜びになられます。可能なら石川士爵も将軍への報告に同席していただきたいのですが」

「すみません、マアロの故郷のモラス村に妹を残してきているので、すぐには……。でも、将軍にも説明はしないといけませんし、妹と合流したら、この旧ドラド王国を経由して要塞に向かいます」

「そうですか。我々はしばらくの間この地に滞在して、本当に呪いが解かれたのか、調査をするつもりです。後日合流して一緒に王都へ向かいましょう」

「わかりました。マアロも故郷でゆっくりしたいと思いますので、一週間ほど時間をいただきたいのですが」

「それくらいでしたら、お待ちしております」

良一達はユリウスにいくらかの食料や補給物資を渡して、モラス村へと帰ることにした。

モラス村へは夕方前にたどり着き、村は亡者の大侵攻を防いだことと、亡者の丘が解放された喜びで、大いに沸き立っていた。

「おお、マアロちゃん、それにお仲間さんも大活躍だったみたいだな」

「お帰りマアロちゃん、パアロさんに顔を見せに行ってあげな」

村人からも大いに歓迎されて、一緒に戦った兵士達も良一達に祝福の言葉を投げかけてくる。

「帰ってきたのか、マアロ。それに皆さんも」

パアロも表情の変化は乏しかったが、娘の無事を喜んでいる様子だ。

「ただいま、お父さん」

「トーカ神官長から聞いたぞ、とても誇らしい」

「ありがとう。トーカ神官長は？」

「首都リアスに報告しに行くと、休む間もなく旅立たれた」

「そう」

「今夜は大襲撃の防衛成功と亡者の丘の解放を祝って宴会だ。楽しんでくれ」

そう言うと、パアロは慌ただしく他の村人を労いに行ってしまった。

「マアロ、その……なんだ」

「大丈夫、トーカ神官長とはまた会える。また皆で、リアスにご飯を食べに行こう」

「そうだな」

村長邸に戻ると、玄関を開けるなりメアとモアが飛びついてきた。

「ただいまメア、モア、無事に帰ってきたよ」

「お帰り、良一兄ちゃん」

「お帰りなさい、良一兄さん。危ないことはなかったですか？」

「もちろん。この通り、傷一つない」

キャリーとココが苦笑しているのがわかったが、良一は姉妹を抱きしめて誤魔化した。

ちなみに、ボロボロになった服はサングウ島の遺跡で手に入れた『形状記憶型可変収縮服』の機能で、新品同様の状態に戻っているから、傍目には戦いの痕跡はまったくない。

村を挙げての大宴会は二日続いて、大勢の兵士と村人に囲まれながら、楽しい時間はあっという間に過ぎていった。

四章　神器覚醒

　充分な休息を取った兵士達はそれぞれ首都や近くの基地に帰っていき、村にも大襲撃前の静かな雰囲気が戻ってきた。

　しばらく村に滞在して戦の疲れを癒やした良一達も、出発の日を迎え、村の門には多くの村人が見送りに集まっていた。

「父さん、母さん、テリン、行ってきます」

「そうか、気をつけろよ」

「石川さん、これからもマアロをよろしくお願いします」

　パアロとマリーナの陰に隠れるようにして、テリンは苦々しげに呟く。

「……亡者の丘を解放した英雄になら、姉さんを任せられる」

　良一と目を合わせようとしないテリンに苦笑しつつ、一行は徒歩で村を出る。

「気を付けるんだよ」

「またいつでも帰ってこいよ」

多くの村人の声を背に受けながら、良一達はユリウスが待つ旧ドラド王国へと向かった。

旧ドラド王国王都跡地には、多くのカレスライア王国の騎士とセントリアス樹国の騎士が駐屯し、協力して調査に当たっていた。

「お疲れ様です。ユリウスさん」

「石川士爵、お待ちしておりました」

ユリウスの話では、この旧王都の扱いをどうするか、樹国側と交渉をはじめる準備が進んでいるそうだ。王城跡には、噂通りに莫大な財宝が眠っており、その分配についても話し合いがもたれている最中だという。

「しかし、石川士爵の取り分はもう合意が取れています」

ユリウスに渡された紙には、とんでもない金額が記されていた。

「これはなんですか？」

「ですから、ドラド王国旧王城にあった金銀財宝のうち、各国で分け合う前に差し引かれた、石川士爵の取り分です」

「えーっ!?」

「樹国側の代表者であるトーカ神官長からは、財宝に関する一切の権利を石川士爵に譲渡すると、一筆いただいております」

「そうなんですか。でも、こんなにいただけません」

「何を仰る。亡者の丘を解放したという偉業の前には、少なすぎるくらいです。固辞してもグスタール将軍から念押しされると思いますので、受け取るのが早いか遅いかの違いですよ」

そうユリウスに言われると、受け取るしかなかった。

「財宝の分配はそちらに任せますので、オレオンバーグ殿達と相談してください」

「わかりました」

「では、馬車を用意しておりますから、こちらにどうぞ」

ユリウスは相変わらずの手際(てぎわ)の良さで、良一達をあっという間に王都へと送り届けたのだった。

「やあ、石川士爵、今回も実に見事な働きだったね」
早速、王都にあるグスタール将軍の執務室に足を運ぶと、見るからに上機嫌な将軍が良一を出迎えた。
「将軍、ご無沙汰しています。今回も運が良かっただけです」

「是非とも私にもその幸運を分けてもらいたいところだが……それは全て神々が決めることだ」

「はい」

「到着早々にすまないが、この後君には役人達への報告をお願いしたい。今回の件の報告はユリウスからも聞いているが、石川君本人からも当時の状況を知りたいという声が複数上がっていてね」

「わかりました」

「石川士爵の王国への貢献をとても嬉しく思う」

そう言って、グスタール将軍は握手を求め、良一が応じると小声でこう告げた。

「ランデルの街の騒動もあることだ。一度メラサル島に戻ってみてはどうだね。すでにホーレンス公爵には使いを出してある。ゆっくりと休むといい」

「ご配慮に感謝します」

「これからの活躍に期待しているよ」

執務室を出たところには早くも役人が待ち構えており、別室で詳細な説明を求められた。

事情の聴取は長時間に及び、何度も同じ話を繰り返しさせられて、さすがの良一もうんざりしてくる。どうも旧ドラド王国跡地の利権を巡って話がややこしくなっているらしい。

ユリウスらの計らいで既に充分な謝礼を得ている良一は、遠回しに利権を一切放棄すると伝え、ようやく解放された。

　本来なら、グスタール将軍の助言に従って、すぐにでも王都から出発したいところだったが、王都での用事はまだ残っている。

　良一とみっちゃんは要塞建設現場での魔導機修理のお礼もかねて、リユール伯爵家から食事に招かれたのだ。


「今日の料理は王都でも腕利き（うでき）の料理人に作らせた。異国の食に造詣（ぞうけい）が深いという石川士爵の口に合えばいいのだが」

「とても美味しいです」

　伯爵邸の広間にはリユール伯爵とティラス嬢の他にも五人の重臣が集まり、テーブルを囲んでいる。しかし良一にとって予想外だったのは、何故か隣にスマル王女が陣取（じんど）っていることだ。

「亡者の丘を解放した英雄とお食事をご一緒できて、私も嬉しいですわ」

　ニコニコと笑顔のスマル王女は、良一と違って洗練されたテーブルマナーで、上品に料理を口に運んでいる。

　良一は重鎮（じゅうちん）揃いで面食（めんく）らったものの、食事会は終始和やかな雰囲気で進んだ。

　メインディッシュも食べ終わり、ゆったりとした空気の中でリユール伯爵が口を開いた。

「技術者達から聞いたが、貴殿の持つ魔導機に関する知識は、王国魔導機学院を優秀な成績で卒業した技術者も驚くほどのものらしいな？」

「全てミチカの技術ですよ」

「どうだろう、我がリユール伯爵家と契約を交わし、その素晴らしい知識を貸してはもらえないだろうか。もちろん、屋敷や使用人の手配も最大限協力させていただく」

「申し出はありがたいのですが、世界を見て回りたいのです。ご無礼をお許しください」

「いや、こちらこそ無理を言った。貴殿は自由を尊ぶのであろうな。いずれにしても、今回の恩は決して忘れない」

　そう言って、リユール伯爵は魔導機の修理代として多額の報酬を良一に渡した。

「石川士爵は世界を見て回りたいのですね」

　食事会の最後に、スマル王女が歳に似つかわしくない大人びた微笑みを浮かべながら、意味ありげに呟いた。

「私も王族の端くれとして、もう少し世界の実情を知る必要があると、常々考えているのです」

「ご立派なことだと思います」

　良一は当たり障りのない返答をするが、次にスマル王女が口にした言葉を聞いて、耳を疑った。

「どうでしょう、私も同行させてはもらえませんか？」

「それは名案ですな、ははは」

食事の席での他愛のない冗談だと思った一同が笑うが、スマル王女の瞳に真剣な光が宿っていたのを良一は見逃さなかった。

結局、翌日には王城から呼び出しがかかり、良一は正式にスマル王女のメラサル島遊覧（ゆうらん）の随行（ずいこう）員に指名された。

王家からの要望を断れるはずもなく、良一達は王女の出立（しゅったつ）の準備が整うまで王都に留まることになった。

今回の随行員には家族の同伴が認められ、その費用も一部王家から出る。他の随行員は妻や子供達を連れて同行するらしい。

随行員はメラサル島出身の役人や、王都に滞在していたメラサル島に領地をもつ貴族と婚姻関係にある貴族など総数は百人を超える。

そして、リユール伯爵との食事会の三日後に、良一達は王女一行に同行する形で王都を離れることになった。

「まさかこんなことになるなんてね」

竜車の車窓を流れる景色を眺めながら、キャリーがしみじみと呟いた。

「まあ、メラサル島へは王家所有の船に乗れるので、ある意味ラッキーですよ。定期船を待たなくても良いから、旅程も短くなるそうですし」

「良一君、貴族はあなたのように良い人ばかりじゃないのよ？　気を引き締めないと」

一行は王都を出発していくつもの街を経由したが、スマル王女は行く先々で民衆から温かい声援を送られた。

窓からにこやかな笑顔を見せて手を振る姿は、まさしく絵に描いたような王族そのもの。

街に着いてからも、王女は宿泊先に入るまでずっと、愛想良く手を振り続けていた。

途中の宿泊地では、基本的に随行者の貴族達も王女と同じ宿に泊まる。しかし、一部の同行人が多い貴族には近くの宿が用意された。

良一達もスマル王女と同じ宿に宿泊していたが、さすがに警備は厳重で、廊下を自由に歩き回るわけにはいかない。

「良一兄ちゃん、あ～そ～ぼ～う」

部屋でじっとしているのに飽きたモアが、猫撫で声を出して良一にじゃれつく。

姉のメアは隣室でココとマアロに勉強を教えてもらっているため、遊び相手がいないのだ。

「じゃあ、トランプでもしようか。キャリーさんとみっちゃんも一緒にどうです？」

しばらく四人でトランプを楽しんでいるとノックの音が響き、スマル王女付きの騎士、フェイが訪ねてきた。

「失礼いたします」

「フェイ姉ちゃん、遊びに来たの？　一緒に遊ぼ！」

「ごめんね、モアちゃん。今はお仕事中なの」

「えー!?　つまんない！」

頬をプクッと膨らませて拗ねてしまったモアを見て、フェイが慌てて手をワタワタと動かす。

「い、石川士爵、スマル第五王女様がお呼びです」

「すぐに向かいます」

フェイは良一が抜ける穴埋めでトランプに参加してモアの機嫌を取るべく、その場に残ることになった。

一方、良一は急いで身だしなみを整えて、一人でスマル王女の部屋に向かう。

部屋の前で護衛の騎士に取次を頼むと、すぐに入室を許可された。

「おくつろぎのところお呼び立てしてすみません。ところで、石川士爵に同行している方々の中には、私と歳の近い妹さんもいらっしゃいますよね？」

「はい、メアとモアといいます」

「大陸南端のクックレール港からは、船に乗り換えてメラサル島まで十日ほど掛かると聞き及んでいます。そこで、せっかく時間もあることですから、船の中でお茶会を開いて、同行してくださっている貴族の方々と親睦を深めようと考えているのです。石川士爵の妹君やお連れの方々も招待してよろしいですか？」

「もちろんです。是非参加させていただきます。きっと妹達も喜ぶでしょう」

「ふふふ、約束ですよ。招待状は船に乗ってからお渡しします」

良一がスマル王女の部屋から出ると、ちょうどフェイが戻ってきたところだった。

短い時間とはいえ、久々にフェイと遊べて、モアの機嫌も少しは良くなったらしい。

◆◆◆

予定通りにクックレール港にたどり着いた一行は、ここで一泊して、翌朝王家が所有するカレスライア号に乗り込んだ。

「出航します」

甲板上でスマル王女が宣言をすると、帆が張られ、船はゆっくりと港から離れていく。

朝早くにもかかわらず、港にはクックレールの町長や、様々なギルドの長が王女を見送るために詰めかけていた。

天候や風向き次第だが、メラサル島まで約十日間の船旅だ。

良一達が乗船するカレスライア号の左右と後方には、護衛の軍艦が三隻随伴している。

メラサル島出身の貴族の話によると、三隻のうちの一隻はグスタール将軍配下の王国領海警備隊で、もう一隻はホーレンス公爵の私兵を中心とするメラサル島有志による警備隊、最後の一隻はデリディリアス将軍配下の王家外交警護隊であるらしい。

「凄く立派な船ですね、こっちも！　良一兄さん」

「メア姉ちゃん、こっちも！　すごーくひろーいよ」

「ああ。豪華客船って感じだよな」

カレスライア号は王族が乗る船だけあって、内装も全て加護の付いた木材や石材でできており、丁寧な仕事で作られた装飾が各所に散りばめられている。見た目も性能も、どちらも優れていた。

部屋の数にも余裕があり、良一達には四部屋も充てがわれているのだが、結局いつもと同じ部屋割りで、二部屋に分かれて落ち着いてしまうのだった。

「メラサル島も久し振りだな、ギオ師匠達は元気かな」

船室から海を見ていると、メラサル島の思い出が頭に浮かんでくる。

良一はメラサル島には数ヵ月しか滞在しなかったが、初めての異世界生活を送ったイーアス村には、強い印象が残っている。

「そういえば、神器って、加護を受けて神様の喜ぶことをすれば授かるんですよね？」

「大雑把に言ってしまえばそうね。でも、神様は気まぐれよ。私も初めての神器を授かったのは探検と財宝の神キドル様の神器だったもの。当時は裁縫の神モモス様に奉納する衣類の作製ばかりしていて、探検なんてしていなかったのに」

「そうなんですか。なんか、適当ですね」

「まあ、神様の考えることなんて、私達にはわかりっこないわ」

軍艦三隻に囲まれた船は襲われる心配もなく、航海は順調に進んだ。

質素になりがちな航海中の食事も、専属の料理人が腕をふるい、陸の上と変わらないクオリティのものが提供され、夜は船内の大食堂でパーティが開かれる。料理だけでなく、歌や踊りといった催しもので乗客が長い船旅に退屈しないように配慮されているのは、王家の船ならではと言える。

そんな穏やかな洋上生活も三日目。

宣言通り、スマル王女からお茶会の招待状が届いた。

〝明日はできれば皆様で来てほしい〟と書かれていたので、良一達は全員でおめかししてお茶会にお呼ばれされることにした。

翌日、昼食を軽く済ませた女性陣は、ティーパーティの準備に大忙しだった。

「ココ姉さん、私の髪型、変じゃないですか？」

「大丈夫よ、メアちゃん。キャリーさんが作ってくれた服ととても合っていて、大人っぽい雰囲気よ」

メアはアップにした髪が慣れないのか、少し恥ずかしそうだ。

モアはキャリーに髪を梳いてもらいながら機嫌良く鼻歌を歌っている。

「モアちゃんの髪は櫛をいれなくてもサラサラね」

「えへへ、ありがとう」

ココやみっちゃん、マアロもそれぞれの準備が終わり、良一達は船内で最も警護が厳しいスマル王女のいる区画に足を運び、警護の騎士に招待状を示した。

「ようこそ、私のお茶会へ。どうぞお掛けになって」

扉を開けると、窓側の貴賓席に座っているスマル王女がニッコリと微笑んで、良一達に椅子を勧めた。

王女の右隣に良一が座り、キャリー達もこれに続いて丸テーブルを囲んだ。

「私はこの国の王になりたいのです」

全員の挨拶を終えて、用意された紅茶を一口含んだタイミングで、スマル王女がニッコリと微笑みながら言った。

「カレスライア王国の王にですか？」

「ええ、カレスライア王国の女王にです」

十歳にも満たない王女の大胆な発言に驚き、良一は思わず聞き返してしまったものの、間髪を容れずに答えが返ってきた。

モアやマアロは平然としているが、ココはティーカップに口をつけたまま固まり、メアは目を大きく見開いている。

困惑する良一達の様子を見て取ったキャリーが、代表して口を開いた。

「スマル王女様、ご無礼をお許しください。私達にその願いを伝えられた理由をお聞きしてもよろしいでしょうか？」

キャリーが丁寧な口調で尋ねると、スマル王女は小さく頷いて真意を語った。

「ここ二十年、北の帝国とも大きな戦争はなく、王国は平穏の時代にあります。けれども、外敵がいないからこそ、国内での諍いが目立つようになってきました。王都にいる貴族達と、メラサル島等の三島に領地を構える貴族達の間には埋めがたい溝が生じています。このままでは、遠からず王国は真っ二つに分裂するでしょう」

スマル王女の父である現在のカレスライア国王アーサリス六世も、そんな現状に危機感を覚え、対策を講じてはいるものの、上手くいっていないらしい。

アーサリス六世は今年で在位十二年目。健康の不安などはないが、いずれ王位を譲る時が来る。

王が正式に認めた子供達であれば、等しく王位を継ぐ権利があるため、スマルが女王になる可能性はある。しかし、大抵の場合は幼い時から帝王学を学び、有力な貴族や大臣達が後見する長子が次の王になるのだという。

しかし王国の長い歴史の中においては、多数の例外も存在する。

戦乱の渦中にあった時代には、天性の武勇の才を有する末の六男が王になったり、疫病が国中に蔓延していた時期には、薬学に精通していた四女が女王に即位したりということがあったそうだ。

「――では、スマル王女は王国の将来を憂えて、次期女王になるために行動を起こしているということですか？」

「でも、今の第一王子に悪い噂は聞かないけれど」

キャリーが顎に手を添えながら、スマル王女に尋ねる。

「ええ、長男のオトヌ兄様は優しく頭脳も明晰です」

「なら、兄を支えて国を守るということもできるのでは？」

「私もオトヌ兄様を尊敬していますが、兄は優しすぎるのです。大臣達や王都貴族との今までの付き合いを引き締めることはできそうにありません」

「スマル王女なら可能だと？」

「はい。それに、私も王家に生まれた身です。実行できる計画と支援があるならば、王を目指したいのです」

スマル王女の歳に見合わぬ迫力に良一達は気圧された。

「ですから、こうして皆様に支援をお願いして回っております。まだ先の話ですが、どうか私の信念と、王国の現状を知っておいていただきたいのです」

スマル王女の信念は立派だが、こんな幼いうちから支援を求めても、子供の戯言とまともに取り合ってもらえないのではないだろうか――良一はそう心配する一方で、スマル王女の幼さに見合わぬ思慮深さに感心したのだった。

「モアさん達には退屈な話をしてしまいましたね。さあ、メアさんもモアさんも、どうぞお菓子を召し上がって」

それからは、至って普通の話題が続いた。

和やかなお茶会ではあったが、ココとメアの態度にはどうもぎこちなさが残り、モアとマアロは王女の前だというのもお構いなしで、競い合うようにお菓子を食べるという有様だった。

「本日は楽しいお茶会でしたわ。また機会があればお付き合いください」

お茶会が終わると、モアとマアロは満腹で、メアとココは精神的疲労から、ベッドへと倒れ込んだ。良一とキャリーはみっちゃんに留守を任せ、外の空気を吸うために甲板に出た。

「この国の王様ですか」

海風を浴びながら、良一が呟いた。

「縁遠い存在ね」

「なんか貴族の問題に巻き込んでしまったみたいで、すみません」

「いいのよ。少なくとも、スマル王女は悪い方ではなさそうね。私を見ても驚かないし、平民にも平等に接しているわ。それに、結構前から良一君に目をつけていたみたいだから、先見の明はありそうね」

しばらく併走する軍艦を見ながら話していると、突然花火のようなヒューという風切り音が聞こえた。

その直後、船団の進行方向の海上に、数本の火柱が上がった。

即座にカーンカーンと警鐘が鳴らされて、四隻の船が臨戦態勢に入る。

「キャリーさん！」

「良一君、あそこよ！」

火柱が収まると、前方に巨大なガレオン船が六隻、ドクロの海賊旗をはためかせていた。

「今まであんなのいませんでしたよね!?」

「とにかく、相手は海賊船なんだから、近づかれる前に沈めましょう」

キャリーは契約精霊である火の精霊ウィリウスを呼び出し、火の槍を投げつけた。

猛スピードで海上を飛翔した火の槍は、海賊船にぶつかったが、爆発するでも炎上するでもなく、静かに消失した。

「嘘でしょ、手応えがまるでないわ」

しかし、海賊船からはお返しとばかりに多数の火球が撃ち出される。

良一はリリィとプラムを呼び出して、味方の船四隻に風と水の防護幕を張って対抗した。

多数の火球が防護幕にぶつかって爆発を起こすが、いずれの船にもダメージはない。

「良一君、四隻を守るのは効率が悪いわ。船の守りは船員に任せて、私達は攻撃に徹しましょう」

甲板上では戦闘準備を終えた船員や騎士達が指揮に従って各々の配置についていた。

「総員、撃ち方始め」

隊長格の騎士の号令で、一斉に魔法や投擲装置による攻撃が始まるが、いずれも全く手応えがない。明らかに攻撃が命中しているのに、海賊船の船体にはまるで被害が見られなかった。

「良一君、どうも様子がおかしいわね。いくら魔法障壁が完璧な船でも、無傷はありえない。突然出現したことからも、幻影の可能性が高いわ」

「あのガレオン船は偽物で、本体は別にあるってことですか？」

「ええ、そうだとしたら遠距離からの魔法攻撃で有効打は与えられないわ。接近して幻影を破らないと」

「じゃあ、前回のバルボロッサ討伐と同じように、精霊魔法を使って俺が単独で飛んで行きます」

「ダメよ。前回は奇襲同然だったから成功したけれど、今回は違うわ。こっちが軍艦を引き連れているのに攻撃してきたってことは、計画的な襲撃よ」

「でも、他にどうするんですか」

「私にお任せください」

突然、みっちゃんが会話に入ってきた。

「みっちゃん！　メアやモアはどうしたんだ」

「他の同行者の皆様と一緒に船内の結界を張ったスペースに退避済みで、ココさんが見ていてくださっています」

「良一、私もいる」

みっちゃんだけでなく、マアロまでいた。

「マアロ、メアやモアと一緒に退避しろ」

「私も役に立つ」

決意に満ちたマアロの目を見て、説得するのは困難だと判断した良一は、時間を惜しんで、みっちゃんの案を聞く。

「今まで死蔵してきた小型戦闘艇で接近します」

みっちゃんはそう言うなり船縁から海面に飛び降りた。

慌ててみっちゃんの姿を追うと、そこには流線的なフォルムの小型船が浮かんでいた。

良一が知るモーターボートに近い形状だが、戦闘艇というだけあって金属製で、いかにも頑丈そうだ。

「定員は四名ですので、皆さんも乗れます」

残された三人も互いに頷いて、船から飛び降り、戦闘艇に乗り込んだ。

「掴まってください」

みっちゃんの合図で、戦闘艇が急発進した。

ブゥーンと低く轟くような駆動音を立てながら、小型戦闘艇は海面を飛ぶように走る。

軍艦と海賊船が撃ち合う魔法の余波で、海面は大きくうねっているが、みっちゃんは巧みな操船でスピードを殺さないようにして、みるみる海賊船に接近していく。

「皆さん、衝撃に備えてください。前方から大波が来ます」

みっちゃんからの警告を受け、良一とキャリーは船縁の手摺に掴まって足を踏ん張る。

しかしマアロは、何を思ったのか良一の腰にしがみついて耐えようとする。

「マアロ、危ないからちゃんと手摺に掴まれ！」

「丁度いいのがない」

「あああ、もっと近くに！」

良一は左手で手摺に掴まり、右手でマアロを抱き寄せる。

若干驚きながらも、マアロは良一の腰を抱く力を強め、頭を脇腹へとくっつけた。

直後、ドンッと強い衝撃が小型艇を襲い、船から振り落とされそうになるが、良一は強化されたステータスのおかげでマアロを支え切った。

大波を乗り越え、一行は遂に海賊船団の側面に回り込んだ。

「やっぱり、幻影ね」

軍艦から撃ち込まれる魔法は海賊船をすり抜けて背後の海に消えていく。

良一達は右側から回り込んだが、目の前の船団のやや後方に比較的小型の木造船が数隻見えた。

近づきたいが、このまま味方の魔法が撃ち込まれる中に突っ込んでいっては、魔法障壁を張っても無傷では済まないだろう。

「どうしましょうか、キャリーさん」

「近づかないと対処は難しいわね。ここからじゃ幻影も解除もできないし」

「では、潜水しますか？」

良一とキャリーが頭を抱えていると、みっちゃんが驚くべき提案をした。

「この戦闘艇は潜水できるのか？」

「はい、短時間なら可能です。あの木造船までの距離ならば行けます」

「じゃあ、頼む」

良一の了承を得たみっちゃんがレバーやボタンを操作すると、戦闘艇は浮力を失い、ブクブクと海中に潜りはじめた。

戦闘艇の周りは不可視の膜で包まれていて、息は苦しくなかったが、海中にいるだけで若干の圧迫感を受ける。

海面の魔法攻撃の届かない水深十メートルほどまで潜水してから海中を進みはじめた。水の透明度は高く、数十メートル先まで見通せる。

「まさか海の中を移動できる船だったなんて……凄いわね」

良一も若干驚いていたが、それ以上にキャリーはびっくりしている。

戦闘艇はスピードを上げて、数十秒ほどで目標の真下に到達した。

頭上には、オールが数十本飛び出たガレー船のような船底が五つ見える。

「浮上します。準備は大丈夫ですか？」

「もちろんよ」

「準備万端」

「みっちゃん、浮上だ！」

良一達の戦闘艇は、円形に並ぶ五隻のガレー船の中心の空いたスペースに飛び出した。

海賊達は突然船団中央に現れた良一達に驚いている様子で、その隙に、近距離からの大威力の魔法を叩き込んだ。

良一とキャリーはそれぞれの精霊魔法、マアロはウンディーレから授かった指輪からレーザーのような水魔法を放って敵を薙ぎ払う。

「うわー」

「ギャー」

三人の魔法を受けた海賊達は断末魔の叫びを上げて海に落ち、海賊船は炎上し船体は裂けて浸水をはじめた。

そして、あっという間に三隻が航行不能状態に陥る。

「良一君、攻撃の手を緩めないで」

キャリーの叱責を受けて残り二隻の海賊船に精霊魔法を放つが、魔法障壁で掻き消された。

「どうやら、残った二隻に幻影魔法使いがいるようね。私達の精霊魔法を掻き消すほどの障壁を張っているんですもの」

「魔法による攻撃で有効打が与えられないのならば、実弾で射撃します」

みっちゃんが手元のボタンを押すと、戦闘艇の船首から機銃が現れ、海賊船に無数の銃弾を叩き込んだ。

　魔法障壁も銃弾の前には無力で、海賊船の木の船体はたちまち蜂の巣のように穴だらけになり、ゆっくりと浸水をはじめる。

　しかし、小型艇だけあって装弾数は少なく、一隻を沈めたところで弾切れになってしまった。

「残り一隻よ。みっちゃん、船を海賊船に近付けて」

「かしこまりました」

　みっちゃんが再び戦闘艇を操作し、急発進して最後の海賊船に接近する。

　海賊船からも迎撃の魔法が飛んで来るが、良一とキャリーが二重の魔法障壁を張り、みっちゃんが回避することにより、致命傷にはならない。

「海賊船へと強制接舷を敢行します。衝撃に備えてください」

　みっちゃんの宣言通り、戦闘艇は海賊船の側面に体当たりし、動きを止めた。

　加護があるとはいえ木造の海賊船は、戦闘艇との接触で重大なダメージを受け、浸水しはじめているようだ。

「乗り込むわよ」

「マアロとみっちゃんは戦闘艇で待機だ」

　キャリーが真っ先に海賊船に飛び移り、良一も後に続く。

「抵抗をやめなさい」

海賊達は徹底抗戦の構えを見せてキャリーに襲い掛かるが、いくら人数が多くてもAランク冒険者には敵わない。キャリーの強さを目の当たりにした海賊達は、攻撃を躊躇い、武器を構えたままじりじりと後退していく。

「さてと、幻影魔法使いはどこかしら？　素直に教えた方が身のためよ」

キャリーは恐れをなした海賊達に剣を向けながらそう告げる。

良一も海賊の中にそれらしき人影がないか見回すが――

「良一君‼」

突然、キャリーが叫んで良一を突き飛ばした。

体勢を崩した良一が立ち上がりながら視線を向けると、腕からうっすらと血を流したキャリーが、和装の男と鍔迫り合いを演じていた。幸い、掠り傷らしく、キャリーの動きに異常はない。

「あれは確か……ココの兄さんのクラオだったたか」

「ちっ……覚えているぞ、その変な服装。お前ら、ココが連れて来ていた奴らか」

ココの生家で後継者争いを起こした末に失踪していたクラオとの邂逅に、良一は呆然と固まった。

「お前らには俺の計画の一つを潰された恨みがある。少しは気を晴らさせてもらうぜ」

クラオはそう言いながら一度キャリーから距離を取り、ギラギラとした目で良一を見た。

クラオが手にする刀は薄い翡翠色の刃文が入っており、寒気を催すほどの禍々しい気を放っている。キャリーもただならぬ気配を感じているらしく、眉間にしわを寄せて刀に見入っている。

「あなたの持っているその刀、私の見間違いじゃなければ四代目サダカネの幽刀ササフネかしら。数年前に所持者が殺害されて以来、所在不明になっていたはずだけど」

「我が主から授かったのよ。世に轟く名刀なだけあって、一度この斬れ味に慣れたら他の刀は使えないいな」

クラオは目を細めて刀を眺めた後、離れた良一の方へ無造作に振るった。

「良一君、斧を！」

「わかってます」

クラオの動きを察知した良一は、瞬時にアイテムボックスから手斧を取り出し、魔力を纏わせて構えた。

その直後、リリィが張っていた魔力障壁が容易く切り裂かれ、不可視の刃が斧にぶつかった。

「ちっ、そっちの兄さんにも防がれたか」

つまらなそうに舌打ちをしてから、猛スピードで良一との距離を詰めてきた。

「斬り応えのある奴が少ないいんだ。精々楽しませてくれよ」

嫌な笑みを浮かべて突進してきたところへキャリーが割り込み、剣で迎え撃つ。

ガンッと重たい音を響かせて、再び鍔迫り合いが始まった。

二人の戦いは拮抗し、良一が入り込む隙はどこにもない。

少しでも手を出してバランスを崩そうものなら、キャリーの不利に働くかもしれず、良一は黙って見ていることしかできない。

しかし、徐々にキャリーの方が押し込んでいき、クラオの顔から笑みが消えて憎々しげに表情を歪める。

「少しばかり旗色が悪いようだ。仕切り直しだな」

クラオは突然大きく後ろに跳躍し、キャリーからも良一からも距離を取る。

クラオがニヤリと口元を歪めた瞬間、突如キャリーの周りに黒装束に身を包んだ三人が現れて襲いかかった。

キャリーは突然の増援に驚いたものの、冷静に対処してうまく攻撃を回避した。しかし黒装束もなかなかの手練れで、さすがの彼も三対一では分が悪い。

良一もなんとか助太刀しようと駆け出すが——気がつくと、目の前にクラオがいた。

「まずはお前から死ね」

その宣告はやけにハッキリと聞こえ、次いでクラオが横薙ぎに振るった刀が見えた。

並みの攻撃なら、直撃を受けても《神級再生体》を発動してやり過ごせる。

だが、その太刀筋は一直線に良一の首を落とす必殺の斬撃。

剣術に明るくない良一にも、自分が絶体絶命の状況にあると、瞬時に理解できた。

目の前に迫る刃や、遠くで叫ぶキャリーの声……全ての動きが緩慢になり、良一は死を強く意識した。

『そう簡単に諦めなさんな』

あらゆる動きが静止した世界で、初めて耳にする低い男性の声が聞こえた。

『君はこんなところで死んではいけないよ。力を貸してあげるから、もう少し足掻いてみなさい』

諭すような口調の落ち着いた声を聞くと、なぜか胸が熱くなった。

「畏み畏み申す。我が敬う森と木材の神ヨスク、我が望む貴き力を貸し与えたまえ」

自然と口が動き、祝詞を上げていた。

夢か現か定かではないが、良一はいつの間にか手にしていた見たこともない斧で、クラオの振るう幽刀ササフネを防いでいた。

手にした斧は、片刃の無骨なデザインだが、木製の柄には綺麗な模様が刻まれている。

驚くほど手に馴染み、全く重さを感じない。

「お前、神器使いだったのか⁉」

クラオは驚いて距離を取ろうとするが、良一は無意識のうちに神器の斧を振るう。

斧の刃はクラオに触れなかったものの、斬撃の軌跡に沿って光の刃が生じ、海賊船は真っ二つに割れた。

木っ端微塵になった海賊船の光景を最後に、良一の意識は暗転した。

「良一兄ちゃん⁉　起きて！　起きてってば！」

「モアちゃん、大丈夫だから。医務室では静かに」

泣きながら気絶した良一の体を揺さぶるモアを、ココがそっと抱きかかえて宥める。

少し落ち着きを取り戻したモアは、マアロと一緒に良一の手を握って、心配そうに顔を覗き込んだ。

一方メアは、タオルで良一の顔を拭ったり着替えを準備したりして、不安を紛らわせるように忙しなく動き回っている。

「みっちゃんから聞いたわ、神器を使った反動だって？」

「数時間寝れば起きる」

ココの問いかけに、少し疲れた様子のマアロが答えた。

神器使用の瞬間を見ていなかった彼女は、気を失ってキャリーに担がれた良一を見て血相を変え、必死に回復魔法を使った。神器を使った反動なので回復魔法を使っても意味がないとキャリーが説明しても聞かず、良一に付き添い、体についた細かい傷をずっと回復していたのだ。

良一が神器を使ったことにより、クラオはその衝撃で海上に吹き飛ばされ、キャリーを襲っていた黒服の三人組もどこかに消えた。

ガレー船の海賊達は唯一被害を免れた船に粗方の乗組員を回収し終えると、早々に離脱していったため、戦闘は終結している。良一達の奮闘の甲斐あって、カレスライア号にも護衛艦にも、大きな被害は出ていない。

良一が目を覚ましたのは、それから数時間経った後だった。

全身を包む気だるい感覚を押して、ゆっくりと瞼を開こうとした瞬間に――ドスンと体に衝撃が加わり、良一は驚いてパッと目を見開いた。

「モアか。びっくりしたよ」

自分に抱きついてしゃくりあげるモアの声を聞き、良一は反射的に彼女の頭を撫でる。

大粒の涙を流して少し鼻水まで出しているモアを見て驚いたが、それだけ心配をかけたのだと思うと、少し申し訳ない気持ちになった。

「メアにマアロに、ココもいるのか」

「良一、どこも痛くない？」

「マアロが回復魔法をかけてくれていたのか？　ありがとうな、どこも痛くないよ」

良一の感謝の言葉を聞き、マアロは照れくさそうに頷いた。

メアもココも、安心した表情をしている。

「そういえば、キャリーさんはどうしたんだ？」

「海賊撃退の報告に行っていますよ。フェイさんが、調子が良ければ、良一さんからも海賊撃退の詳細を聞きたいそうです」

「じゃあ、今から行ってくるか」

「良一さん、無理はいけませんよ。今日のところはキャリーさんに任せて、大人しく寝ていてください」

痛みがあるわけではないが、疲労感で全身が重いので、良一は素直にココの言葉に従ったのだった。

◆◆◆

「やっと着いたな、メラサル島」

クラオ達の襲撃から一週間後。四隻の船はメラサル島の貿易港ケルクへとたどり着いた。

「良一兄ちゃん、本当に大丈夫？」

「モアは大袈裟だな。もう怪我はないし、バッチリ回復しているよ」

モアにとっては、故郷のメラサル島に帰ってきた喜びよりも良一の体調の方が気になるらしい。

「モアちゃんは心配しているのよ。あの時の良一君は意識を失っていて、マアロちゃんがなりふり構わず回復魔法をかけていたんだから。そんな様子を見せられたら、不安にもなるわ」

キャリーの指摘に苦笑しながら、良一は久しぶりのケルクの港をぼんやり眺めていた。

カレスライア号が接舷すると、乗降口にタラップが掛けられて、スマル王女が一番に下りていく。

ケルクの港には多くの島民が集まって、王女の来訪を歓迎していた。

階段の先には赤く長い絨毯が敷かれて、その奥にはホーレンス公爵を先頭に、多くのメラサル島貴族が立ち並んでいる。

「スマル王女様、ようこそお出でくださいました。歓迎いたします」

臣下の礼を取りながら、ホーレンス公爵がスマル王女に話しかけた。

「盛大な歓迎を嬉しく思います」

「海上では海賊の襲撃に遭遇したと聞いております。メラサル島近海の守護を務めるホーレンス公爵家として恥じ入るばかりです」

「いえ、公爵が派遣してくださった護衛艦や石川士爵の活躍により、どの船にも目立った損傷もなく、無事に航海を終えることができました」

「石川士爵はメラサル島内でも屈指の実力者にして、期待の星ですからな。王家を支えるのも王国貴族の責務。彼は実に立派な王国貴族と言えましょう」

島民達の歓声に交じって、スマル王女とホーレンス公爵の会話が聞こえ、良一は背中がむず痒くなるが、周囲の貴族や兵士の視線が集まっているので、身動きできない。

スマル王女はこれから公都グレヴァールに向かい、数日間滞在した後、メラサル島内の主要都市を巡るらしい。

領地持ちの貴族達は、なんとかして王女に自分の領地へ寄ってもらおうと、補佐官と訪問日程の交渉に余念がない。

スマル王女に同行することもできるが、領地を持たない良一にとっては関係ない話題である。しかし、良一は一度イーアス村でゆっくりとしたいと考えているので、貿易港ケルクで王女一行とは別れることにした。

「石川士爵、少々お時間をいただけますでしょうか」

スマル王女の歓迎式典が終わったところで、ホーレンス公爵の家紋が付いた鎧を着た兵士に呼び止められた。

「なんのご用でしょう」

「ホーレンス公爵が、内々のお話がしたいと仰せです」

兵士に案内されて貿易港ケルク内にあるホーレンス公爵の別邸に入ると、王女の視察関係の調整で使用人や兵士が忙しく動き回っていた。

しかし、応接室の中は静かなもので、ホーレンス公爵がソファに腰掛けて優雅に紅茶を飲みながら、良一を迎えた。

「石川士爵、呼び出しに応じてもらい、感謝するよ」

「いえ、公爵様の呼び出しですから」

良一がソファに腰を下ろすと、執事がすぐに紅茶を淹れてローテーブルに置いた。

「本当は公都で落ち着いて話したかったのだが、スマル王女のメラサル島内の視察の準備でバタバタしていてね。……おっと、愚痴ばかりでいけないな。将軍から連絡を受けたよ。亡者の丘を解放したとか?」

「幸運が重なっただけです」

「幸運か……。だとしたら、君はツキに愛されているようだね」

「そうした幸運に恵まれるのも、仲間の力あってこそです」

ホーレンス公爵は満足げに頷くと、執事に合図を送って書類を持ってこさせた。

「君は目覚ましい功績により、士爵に叙されている。王国の慣例では士爵であれば人口五百人ほどの村の領地を持つことができる」

「領地ですか？」

公爵は紅茶のカップを脇に避け、良一にも見えるようにローテーブルの上に書類を広げた。

「ああ。私が管理している村の情報が記載されている。好きに選んでくれたまえ」

書類には、メラサル島内の様々な村の情報が書かれていた。

スギタニからもその可能性は指摘されていたが、こうしていざ〝好きな村をくれる〟と言われると、大金や高価な物品をもらうのとは別の恐れ多さを感じて、良一は尻込みしてしまう。

「ご配慮いただいたのに恐縮ですが、私は領地経営もしたことがありませんし、今は自分のことで精一杯です」

「貴殿ならそう言うと思った。ならば……この村ならばどうだ」

ホーレンス公爵が差し出してきた書類には〝イーアス村〟と書かれていた。

「イーアス村ですか？　でも、この村はギレール男爵の領地ではないのですか？」

「そうだ。しかし、私から男爵に話をしたところ、君になら安心して任せられると、むしろ喜んでいたよ。それに、領地経営も村長に任せておけば大抵のことはつつがなく進めてくれるだろう。君はどっしりと構えていれば良いのだよ」

みるみるうちに外堀を埋められ、気がつくと良一はイーアス村の領地に関する書類にサインをしていた。

「……というわけで、ホーレンス公爵からイーアス村を領地として賜ったので、すぐに向かうことになりました」

公爵との面会を終えて他の皆と合流した良一は、ケルク市街を散歩しながら、早速拝領した件を報告した。

「おめでとうございます」

みっちゃんが真っ先に拍手したので、モアもよくわかっていないながらも嬉しそうに手を叩く。

他の皆は一瞬驚きで固まったものの、すぐに我に返ってお祝いの言葉を口にした。

「おめでとう。これで、良一君も晴れて領地持ちの貴族ね。イーアス村って、たしか木こりのお師匠様がいる村よね？」

「はい。キャリーさんは初めてでしたね」

「良一兄さん、ドワスには寄るんですか？」

ドワーフの里ことドワスはメアとモアの故郷で、両親は他界しているが、彼女達の実家がある。良一としても立ち寄ってあげたい場所だ。

「ああ。公爵様が手配してくれる馬車に乗って行こう。農業都市エラルを経由していくから、ドワーフの里にも寄ろう。あとは、三週間後にスマル王女がエラルに来る時、昼食会に誘われているな」

予定を伝え終えた良一は、海賊船の襲撃の際に心配をさせたお詫びとして、メアとモアとマアロのために露店を巡ることにした。

王女の来訪中とあって、ケルクの街は良一達が前回来た時よりも活気に満ちている。

「良一兄ちゃん、お菓子買ってー」

「良一、あの焼き菓子が食べたい」

「モア、マアロさんも、今お菓子を食べたら夕飯を食べられなくなるよ」

生真面目（きまじめ）なメアは、早速食い意地を爆発させる二人を窘める。

「まあまあメア、ちょっとくらい良いんじゃないかな。美味しそうだし」

良一はそう言ってさっさと焼き菓子を買いに行ってしまったので、メアも抵抗を諦めた。

本当は食べたいのに気を張って我慢しているんだろうと察し、良一は袋から一個取り出してメアに差し出す。

おずおずと遠慮がちに菓子を受け取ったメアだったが、口に含んだ瞬間にその美味しさに顔が綻んだ。

そんなメアの表情を見て、モアも口を大きく開けて食べさせてほしいと催促（さいそく）してくる。

しまいにはマアロまでその仕草（しぐさ）を真似て大口を開けたまますり寄ってきたので、それぞれの口に焼き菓子を入れてやると、二人とも満足そうな笑顔で頬張った。

それからしばらく露店を見て回って、海沿いの道を歩いていると、進行方向に人集り(ひとだかり)ができているのが見えた。

「どうやらスマル王女も街を見て歩いているらしいな」

スマル王女の周囲を騎士団が警護し、少しでも王女の姿を見ようとする人がつめかけて、ひしめき合っている。

「あの人混みの中をはぐれないように進むのは大変そうだし、迂回(うかい)して宿に戻るか。明日も移動ばかりになるから、休んでおかないとな」

「良一兄さん、こっちの道に行きましょう」

メアが指差す脇道に入り、良一達は宿に帰ったのだった。

馬車は街道を順調に進み、公都グレヴァール、農業都市エラルでそれぞれ一泊し、ドワーフの里へとたどり着いた。

その日はイーアス村で世話になった少女――マリーの叔父(おじ)が営(いとな)む〝山の泉亭〟に宿泊することにして、空室(あきしつ)状況を確認しに向かった。

メアとモアの実家はこの人数で泊まるには狭いので、見に行くだけの予定だ。

「いらっしゃいませ、山の泉亭にようこそ」

「部屋は何室空いていますか？」

「おや、お兄さんは前にマリーと一緒に来てくれた人だよね？」

「覚えていてくれましたか」

「初めて見る子が多いね。今はお客さんが少ないから、部屋は充分に空いてるよ」

「じゃあ三室お願いできますか」

「はい、三部屋ね。そういえば、一ヵ月前にイーアス村の皆が遊びに来ていたけれど、お兄さんは一緒に来ていなかったのかい？」

「ええ、しばらくイーアス村から離れていたので」

「そうかいそうかい。じゃあ久しぶりだね。はい、これ部屋の鍵」

荷物を部屋に置いて少しくつろいでから、全員でメアとモアの生家へと向かった。

「ここがメアちゃんとモアちゃんのご実家なのね」

「えへへ～、そうだよ」

良一が修理したおかげである程度外観は整っていたが、大邸宅のマアロやココの家と比べてしまうとみすぼらしい感じは否めない。それでも、二人にとっては思い出深い家である。

　誰も住んでいないせいもあり、家の中には埃が積もっていたので、全員で手分けして簡単に掃除をした。

「良一兄さん、お父さんのお墓参りに行きたいんですけど、いいですか？」

「もちろん。俺達も一緒に行っても大丈夫か？」

「はい。お父さんも喜ぶと思います」

「掃除の仕上げは私がやっておきますので、暗くなる前に皆さんで行ってきてください」

　仕上げはみっちゃんが買って出てくれたので、他の者達は連れ立って里の共同墓地へとやって来た。

「ひさしぶり、お父さん」

　メアは簡素な墓石に手を合わせ、実家の裏庭に咲いていた花を手向ける。

　メア達の父親は石工ギルドの人間なので信奉する神は違うが、マアロが神官として死者への弔いの祈りを唱えた。

「お父さんが言っていた外の世界をいっぱい見て来たよ。良一兄さんやココさんや、キャリーさん達との旅は楽しいことばかりで、今はとても幸せだよ」

「お父さん、モアね、いっぱい友達できたよ。キリカちゃんに、フェイ姉ちゃんに……」

　二人とも墓前で伝えることがたくさんあるらしいので、良一達はしばらく彼女達をそっとしておいた。

「良一兄さん、ありがとうございました」

「ああ。お父さんに報告はできた？」

「はい」

晴れやかなメアの表情を見た良一は、兄として少しは彼女達を幸せにできたと実感した。

翌日、良一の馬車はついにイーアス村に到着した。

「あれ？　良一じゃないか」

村の門の近くで降りていると、木こりの兄弟子（あにでし）であるファースが駆け寄ってきた。

「ファース、久しぶり」

「本当に久しぶりだな！　ドラゴンを討伐してから半年は経ってるんじゃないか？」

「そうだな。ここは相変わらず木の匂いで落ち着くな」

「後でギオ師匠の工房に来いよ。師匠も良一の顔を見たら喜ぶぞ」

ギオ師匠はファースの弟のセカスとトラスを連れて、今日も元気に森に木を切りに行っているそうだ。ファースはギオに用事を頼まれて村に戻っていたところだったらしく、それだけ言い終えると手を上げて去っていった。

「皆は〝森の泉亭〟に向かってくれ。俺は村長にギレール男爵の手紙を渡しに行ってくるよ」

「良一兄ちゃん、行ってらっしゃい」

見慣れない馬車が停まっているのを見つけて早速人が集まりはじめる。しかし、乗って来たのがドラゴンを討伐した良一とココだったので、顔を覚えていた者もいて、何人かが気さくに話しかけてきた。その中に、ちょうどこれから会いに行こうとしていたコリアス村長の姿があった。

「馬車がやって来たと聞いて来たが、石川君か！　久しぶりだね。元気そうで何よりだ」

「村長、お久しぶりです。重要な話があるので、少しお時間をよろしいでしょうか？」

コリアスの了承を得て、早速村長宅へと向かった。

「こちらがギレール男爵より預かった村の権利の委任状と手紙です」

エラルではギレール男爵が不在だったため、彼の代理人から貰った委任状と手紙を渡した。

村の権利の委任状や手紙と聞いて驚いた村長は、それらに目を通す。

「なるほど、確かにギレール男爵からの書状だ。イーアス村は今日から石川士爵領になると書かれている」

村長は手紙を二回ほど読み直すと、ようやく落ち着きを取り戻したらしく、大きく息を吐いた。

「すみません、自分もイーアス村を領地にという話を聞いたのは数日前でして、驚いているんです」

「そうか。でも石川士爵で良かった。士爵ならドラゴン討伐での村民の評価も高く、村の根幹を成す木工ギルドのギルド員でギオの弟子だ。これ以上にない領主だよ」

「コリアス村長、自分は領主になったばかりで貴族の責任や義務、イーアス村の統治の仕方も知りません。自分にできる協力は惜しみませんので、共にイーアス村を発展させていきましょう」

「はい。これからよろしく頼みます、領主様」

コリアス村長はそう言って深々と頭を下げたのだった。

良一がこの村の領主になったことは、村長が村の有力者を集めてすぐに発表するらしいので、全て任せることにした。


村長と話を終えた良一は、さすがにギオ達はまだ森から工房に戻っていないだろうと考えて、森の泉亭に向かった。

「あ、石川さん、お久しぶりです！」

「良一兄ちゃん、おかえり〜」

宿の前では看板娘のマリーがモアと遊んでいた。

「マリーちゃん、久しぶり。元気そうだね」

「私はいつも元気いっぱいですよ！」

相変わらずの天真爛漫な笑顔の眩しさに目を細めていると、モアが焦れたように中断していた遊びの再開を催促する。

「マリー姉ちゃん、早く早く」

「ごめんね、モアちゃん、いくよ～」

楽しそうに遊ぶモア達を横目に、良一は森の泉亭の扉を開ける。

「いらっしゃいませ。ご宿泊ですか？」

――すると、受付カウンターの中にいたマリーの父親が、初めて良一がこの村を訪れた時と同じように迎えてくれた。

悪戯っぽくよそよそしい態度で振る舞う主人のノリに合わせ、良一も以前のやり取りを再現する。

「はい。七人なんですけど、部屋は空いていますか？」

「ええ、ちょうど三室空きがございますよ」

そう言って、主人は相好を崩す。

「石川様、長旅、お疲れ様でした」

「またしばらくお世話になります」

長いこと離れていたにもかかわらず、以前と変わらぬ温かさで歓迎してくれたイーアス村は、良一にとってこの世界での故郷のような存在になっていた。

あとがき

この度は文庫版『お人好し職人のぶらり異世界旅３』をお読みいただき、誠にありがとうございます。前巻のあとがきでは、キャラクターの裏話を書きましたが、今回は主に作品のストーリーについて触れたいと思います。

第三巻は、主人公の良一が爵位を授かった王都から始まり、次にマアロの故郷へ向かって、最後はイーアス村へ帰るという、拙作のタイトル通り〝ぶらり異世界旅〟を地で行く巻となりました。巷では「遠足は家に帰るまでが遠足だ」と言うそうですが、私は旅も同じだと考えています。様々な土地を巡り歩きながら、異世界の故郷とも言えるイーアス村へたどり着いた時、ようやく良一達は肩の荷を下ろせたことでしょう。

旅の目的地が仲間のココやマアロに所縁のある場所だったため、今巻は必然的に彼女達の台詞や見せ場が増えました。この旅における二人の家族との交流を通じて、良一と彼女達の関係は、これまでの仲の良い知人というものから、さらに一歩進んだ親しい友人へと深まりました。

そんなふうに主人公とヒロイン達の距離が近づく話に加え、本作には良一と同じようにチートな能力を持って異世界に転移してきた敵役も登場します。その存在は、最後は良一と対峙することになるのですが、ある意味では、良一自身にも起こりえた哀しい未来の可能性の一つとも言えるかもしれません。

このように物語を描く一方、Ｗｅｂサイトに投稿していたエピソードを単行本時に加筆修正する作業では苦労もありました。特に、マアロの故郷であるセントリアス樹国の話で、主人公とヒロイン達との関係性を作者の納得のいく塩梅に整える作業には骨が折れたものです。ただ、それも今となっては良い思い出となりました。

今後も彼らは大きな脅威を乗り越えながら、旅を続けていきます。お人好しな主人公なので、新たなトラブルが次々と舞い込んで来るでしょう。しかし、トラブルも旅のスパイス。読者の皆様には、良一達の冒険の旅をお楽しみいただけますと幸いです。

なお、漫画家の葉来緑氏による拙作のコミカライズがアルファポリスのＷｅｂサイトで公開されています。メアやモアなどのヒロインキャラがとても可愛らしく、作者も楽しく読んでいます。こちらも是非、ご覧ください。

最後に、本書の刊行にご尽力いただいた関係者の方々と読者の皆様に、改めて感謝申し上げます。次巻もまた、お手に取っていただければ嬉しいです。

二〇二〇年十一月　電電世界

大ヒット
異世界×自衛隊ファンタジー
ゲート
自衛隊 彼の海にて、斯く戦えり
GATE SEASON 2
1〜5
柳内たくみ
Yanai Takumi
著
1〜5巻
好評発売中！
1巻「抜錨編」
待望の文庫化！
大好評発売中！
ゲート SEASON 2 1. 抜錨編
自衛隊 彼の海にて、斯く戦えり
柳内たくみ
舞台は異世界の海！ゲート海自編、ついに開幕！
海上自衛隊VS異世界海賊＆海軍！
累計420万部！超スケールの自衛隊×異世界ファンタジー！
『ゲート』シリーズ累計ついに500万部突破！
海自編、待望の文庫化！
●各定価：本体600円＋税 ●Illustration：黒獅子
●各定価：本体1700円＋税
●Illustration：Daisuke Izuka

アルファライト文庫

この作品に対する皆様のご意見・ご感想をお待ちしております。

おハガキ・お手紙は以下の宛先にお送りください。

【宛先】

〒150-6008 東京都渋谷区恵比寿 4-20-3 恵比寿ガーデンプレイスタワー 8F
（株）アルファポリス　書籍感想係

メールフォームでのご意見・ご感想は右のＱＲコードから、
あるいは以下のワードで検索をかけてください。

アルファポリス　書籍の感想 

ご感想はこちらから

本書は、2018 年 12 月当社より単行本として
刊行されたものを文庫化したものです。

お人好し職人のぶらり異世界旅 3

電電世界（でんでんせかい）

2021年 1月 31日初版発行

文庫編集－中野大樹／篠木歩
編集長－太田鉄平
発行者－梶本雄介
発行所－株式会社アルファポリス
〒150-6008東京都渋谷区恵比寿4-20-3恵比寿ガーデンプレイスタワー8F
TEL 03-6277-1601（営業） 03-6277-1602（編集）
URL https://www.alphapolis.co.jp/
発売元－株式会社星雲社（共同出版社・流通責任出版社）
〒112-0005東京都文京区水道1-3-30
TEL 03-3868-3275
装丁・本文イラスト－青乃下
文庫デザイン—AFTERGLOW
（レーベルフォーマットデザイン－ansyyqdesign）
印刷－中央精版印刷株式会社

価格はカバーに表示されてあります。

落丁乱丁の場合はアルファポリスまでご連絡ください。

送料は小社負担でお取り替えします。


ISBN978-4-434-28373-4 C0193